有爱的青春陪伴者

# 蝴蝶山

没收星星／著

台海出版社

图书在版编目（CIP）数据

蝴蝶山 / 没收星星著. -- 北京：台海出版社，
2024.2
ISBN 978-7-5168-3739-9

Ⅰ. ①蝴… Ⅱ. ①没… Ⅲ. ①长篇小说－中国－当代
Ⅳ. ① I247.5

中国国家版本馆 CIP 数据核字（2023）第 240353 号

# 蝴蝶山

著　　者：没收星星

出 版 人：薛　原　　　　　　　责任编辑：俞滟荣

出版发行：台海出版社
地　　址：北京市东城区景山东街 20 号　　邮政编码：100009
电　　话：010-64041652（发行，邮购）
传　　真：010-84045799（总编室）
网　　址：www.taimeng.org.cn/thcbs/default.htm
E－mail：thcbs@126.com

经　　销：新华书店
印　　刷：长沙鸿发印务实业有限公司
本书如有破损、缺页、装订错误，请与本社联系调换

开　　本：880 毫米 ×1230 毫米　　　　1/32
字　　数：174 千字　　　　　　　　　印　　张：8.5
版　　次：2024 年 2 月第 1 版　　　　印　　次：2024 年 4 月第 1 次印刷
书　　号：ISBN 978-7-5168-3739-9

定　　价：42.80 元

目录

*Contents*

目
录 —

*Contents*

第一章·天光乍破

『和姐姐我谈一场三个月的恋爱？』

01

今天有好几处见闻——

不合时宜的雨下了半个小时，随后又是肆虐的暴雪，连续三辆公交车在路中央爬行。大雪无色，从天上坠往人间。

一辆车驶过，脆生生的响动在胡蝶耳中犹如惊雷轰鸣。

胡蝶等来了她要坐的公交车。这趟公交车的终点站是医院，从八月某一天开始，每个周末她都要来这里报到。

掰着指头算，今天……应该是第十五周。

小睿雷打不动般在公交站台等胡蝶，她是肿瘤科的护士，和胡蝶关系还算好，多少聊过几句。她每次排到夜班都是胡蝶来医院检查的那天，于是科室洪主任将"押送"胡蝶到医院科室的任务拜托给了她——给她加了点辛苦费，让她早上下班后在公交车站等胡蝶。

至于为什么要用"押送"这词，因为胡蝶先前从医院逃走过，还曾在楼顶边沿垂着双腿坐了一夜，甚至偷偷拔了针导致指数不达标推迟化疗……

见胡蝶安分守己地从公交车上下来，小睿松了口气，把手从口袋里拔出来，揪住胡蝶的右胳膊，将人往医院拽。

胡蝶惊呼："口罩口罩，我的口罩还没……"

小睿停下脚步，让她把口罩戴好："这回好了？还有没有幺蛾子，一起整了。"

胡蝶有一双深邃的大眼睛，因为做过两次化疗，脸上的肉掉得离谱，轮廓线条流畅得能割死人，眼眶也深陷下去，不过好在气色不错，原本肉嘟嘟的中式美人现在倒有了一些异域人的神采。

"小睿，你冤枉我……"胡蝶哼唧了两下。

眼看着她眼睛里要涌起两汪泪，小睿立马离她三米远："打住——你自己走。"

胡蝶看着小睿这样，顿时觉得没意思，把围巾拾掇拾掇重新遮住脸后，往医院科室楼的方向走去。

小睿一直在她身后跟着，等到把人安全交到洪主任手上才敢安稳地打了一个哈欠，连忙撤退。

·洪主任见到胡蝶，笑眯眯地递给她一杯水："今天你的气色比上周好一点，咱们先去抽个血，要是指数稳定，今天就可以办理住院手续，明天给你做第三次化疗。"

胡蝶抿了口水，没接话，也不知道在想些什么。脑袋一放空，各种声音都往耳朵里钻，门口保洁阿姨推车的轱辘与地面摩擦的声音、走廊尽头的喧闹、小孩的啼哭……

"轰隆隆——"

外头一阵闷雷响过。

胡蝶盘算了会儿，答应了。

她不愿意做化疗的原因很简单，并不是怕疼，而是化疗会让她掉头发。从十五岁开始，她就对自己的头发产生了一种偏执的迷恋，她会仔细收好掉落的每一根头发，会买无数的护发精油去滋养，甚至会定期花费几千几万元做保养。就连现在获得的一切殊荣与成就，前提之一都是因为要挣钱"养头发"。

第一次化疗，她只是胃口变得更小。第二次化疗，还在医院进行术后观察时，她就开始大把大把掉头发，随手一抓就是十几根。那种感觉对于胡蝶来说，像是将其打入地狱。所以她想逃，甚至不想活，疼死、饿死，总好过不漂亮地死。

胡蝶抽血过后，洪主任让她在办公室休息，亲自去血液检验中心等结果。很遗憾，也很"庆幸"，她的某些细胞和蛋白指数并未达标。洪主任又絮絮叨叨讲了一些注意事项，让她五天后再来，吃饭一定要按照食谱上的来……

直到最后，站在医院大厅门口，洪主任才悄悄问她："小胡啊，你那本《屠戮都市》下册什么时候写完呀？"

胡蝶笑了，耸了耸肩，一脸无辜："我也不知道，或许等我死了，我在那头再无忧无虑地写，写完给你托梦。"

洪主任："……"

胡蝶慢悠悠地走着，身上挎着包，手上拿着刚做的一系列检查的报告单。

一楼大厅外，站得密密麻麻的人都是躲雨雪的。

众人都在感叹雨雪大，好像二十年难得一遇，胡蝶走在雨雪里，雨一淋风一刮，雪就贴了一身。

被家长抱在怀里的小孩捂得严严实实，指着胡蝶的背影，冲自己的妈妈叫嚷着："妈妈你看，雪人跑啦！"

出了医院，过了两个路口，有一个闲置的回廊。胡蝶走过去，站在廊下。她似乎是逃离了，但又好像已经和风雪融为一体。身上薄薄一层积雪被她掸下去，落在地上没有了依靠，很快便融化成了水。有风刮过，天空中的雪很快转变了方向，窄窄的廊下根本挡不住风。她讨厌雪，可是那又能怎样？

胡蝶在雪地里慢慢走着，身上已经湿透。她一边走，一边举着自己的那张检查报告单看。

过了两条街，在斑马线等绿灯时，胡蝶身后的两个女生小声惊呼，开始咬耳朵。

"你听说没，A大的那个校草，他女朋友把他所有的钱卷了后退学跑了！"

"我知道我知道，怎么消息都传到你们学校了？大家对帅哥都这么在意吗？"

"可不是，那你知道具体的瓜吗？"

"这倒不太清楚，这瓜一个比一个传得离谱。"

"我舍友昨天告诉我的，说是他女朋友借高利贷了。你等等，我给你找一下……"

绿灯亮起。

胡蝶笑了一下，提步走了。

两个女生也紧跟着过斑马线，胡蝶和她们离得不远，多多少少能听到她们的议论。等走过这条街后，两个女生已经不知道去了哪里，胡蝶轻轻咳嗽，站在原地缓了缓神。

雪停了。

刺骨的风比刚才更猛烈了。

胡蝶走到咖啡馆门口。不知道是不是因为雨雪天气的影响，咖啡馆早早就停止营业，挂着的打烊的牌子随着风撞在玻璃门上，哐哐响着。

今天似乎不应该出门。

胡蝶皱紧眉头，盘算着现在该怎么办。

城市的高楼逐渐亮起灯，灰蒙蒙的四周突然有了变化——汽车像极了乌龟，在马路上艰难爬行。

红灯亮起，一百二十秒之后又变绿。不知道数了多少个来回，胡蝶突然被远处一个招牌吸引住目光——

3120 酒吧重新开业，新老顾客都有优惠。

七拐八拐，胡蝶才找到酒吧正门，过了安检，又过了一扇门，她才看见里面的场景。灯光轻柔地洒在桌椅上，连同杯子里的水都变得荡漾。

墙上写了一些密密麻麻的字，灯光不停在晃动，她看不清楚内容。

她随便挑了一个角落坐下，就有服务生过来，将平板放在她的面前，轻声告诉她，如果有什么想要喝的可以在上面选购，暂时不想喝的话也可以选择温水。

胡蝶翻看了一下，在平板上选了三杯看起来很好喝的烈酒。

靡丽之国、黄发姑娘、意外之遇。

右前方的舞台上开始有人走动。

工作人员将麦架、鼓拿上舞台，随后又搬来了一把椅子。缠绕的吉他线被人甩了甩，轻轻搭在台阶边缘。很快，整个场子的灯光开始慢慢变暗，一束光亮绕着场子转了一圈，最后落在舞台中央一个身穿白色衬衫的男生身上。

他向台下弯腰鞠躬，转过身拿起椅子上的吉他，坐下。他的手揉捏了很多下拨片，然后找到舒服的姿势，轻轻将拨片划过琴弦，音响中立马就响起了一段清脆音调。

他在唱的是《一程山路》。

声音很熟悉，有点像某个歌星。

如同昨夜天光乍破了远山的轮廓，

想起很久之前我们都忘了说，

一叶曲折过后，又一道坎坷，

走不出，看不破……

白衬衫男生一条腿屈着放在椅子横杆上，另一条腿垂着，脚踩在地上。他的鼻梁和眉骨很高，眉眼中干净透彻，眼睫毛浓密得像一把小刷子，随着眨眼来回扫动。他唇色很浅，但整个人看起来又很健康。

胡蝶有些庆幸自己坐在角落，可以肆无忌惮地观赏帅哥。任凭她怎么打量都不过分，毕竟人家也看不见。

男生唱完三首歌后，音响里流淌出悠扬的轻音乐。

中场休息。

胡蝶眼前的三杯酒已经空了两杯，胃里火辣辣地疼，疼到她觉得自己现在非常清醒。疼死才好，疼死了就不会看着头发一根一根消失，最后变成一个秃子，一个躯体佝偻、面貌丑陋的秃子。

她将剩下的半杯酒一口喝下去，问服务生卫生间在哪里。

服务生给她指了路。

她晃晃脑袋，脚步不稳地走过去。

接下来的半个小时里，她在卫生间里吐了个死去活来，又从洗手池中掬了两捧水漱口洗脸，这才缓过来。

卫生间门口隐隐有低声的争吵，当下的胡蝶不会错过这种戏码，于是循着声音传来的方向往外瞧。

只见刚才坐在舞台正中央唱歌的男生的刘海及胸前湿了一大片，而他面前的经理手上正握着一个玻璃杯。

看起来男生身上的水是被面前的人泼的。

"你清醒一点，你不要想着这几场客流量上去了，你就能和我谈条件。她们怎么来、为什么来，你以为我不清楚？你只是一个临时驻唱，我也只是一个经理，我怎么可能给你预支那么多钱？"

"我……我知道了。"男生低垂着眉眼，全然没有了刚才唱歌时的自在，"那您能不能和负责人说说？我愿意签合同，也愿意一直留在这里，您安排我做什么都可以，我只要……只要……"

男生又抬起眼，那双眼睛里承载了太多复杂的东西："我只要预支五万块……您看成吗？"

经理背对着胡蝶，胡蝶看不见他的表情，只能看见他用手指着男生，还恶狠狠地戳男生。

"五万块也不行。就算我私人借给你五万块，你拿什么还？你还远不止要用五万块，得了那种病，一次化疗花费一两万，动个手术十几万，你还得起吗？就凭你一个还未毕业到处兼职的大学生，你是用十年还我还是二十年还我？"

男生眼睛里的光亮渐渐消失，取而代之的是迷茫无措，他连眼泪都无法控制，任由它顺着脸颊滑落。

胡蝶好像在那一瞬间变成了这个男生。她也穷过，她看懂了那种眼神里的故事。

"一分钱难倒英雄汉"这句老话，也不是没有道理。

经理将杯子扔到旁边的垃圾桶里，训道："重新找一件衣服，一会儿上场。今天没唱够三个小时，你自己找时间补回来。这个月唱完，你就别来了。"

胡蝶"咮"了一声，站直身子走出去，看着万念俱灰犹如世界即将崩塌的男生笑了一下。

她走到男生面前，歪头看了一眼经理。不知道是因为太像喝醉酒找事，还是瘦得像个鬼有些吓人，经理看到她就不自觉地后撤一步。

胡蝶将男生衬衫的领口扣上，拍了拍男生的肩膀，正准备说话，男生这才像是大梦初醒一样，后退一大步，距离胡蝶远远的。

这下胡蝶不高兴了，连着刚才的酒劲又再次上头，她走上前，拽着男生的领口，凶他："他都那么说你，你还不说一句？有这工夫，和姐姐我谈一场三个月的恋爱怎么样？姐姐给你二十万，不，五十万！"

02

胡蝶坐在卡座上和对面的男生面面相觑。

她颇有些头疼，不只是喝酒的缘故。

要说她的酒醒了没，倒也算醒了，但人还有些晕。

刚才她说了什么来着？和姐姐谈个恋爱？谈一场三个月的恋爱？怎么还说得那么理直气壮？

男生有些局促，脸颊微微泛红，耳尖也是红红的。酒吧里的光线给他整个人镀了一层暧昧的光晕。半晌没见胡蝶说话，他的眼神飘了过来，先从胡蝶的膝盖看起。面前这个醉酒的女孩……女人……姐姐？在这个季节她只穿了一件薄薄的灰棕色呢子大衣，她的手很漂亮,骨节分明,也很修长,像钢琴家的手指。不过对于这寒冷的天,她还是围了一条巨大的围巾,围巾遮盖住她的脸,只露出一双眼。

胡蝶的视线划过去,和男生的眼神在半空中碰撞。如果视线可以接通电流,那一定会在这里引起一场火灾。

"你叫什么?"胡蝶开口。

她的酒彻底醒了,此刻胃一抽一抽地疼。

"杨嘉一,嘉宾的嘉,数字一。"

"我……"

胡蝶刚开口,杨嘉一就抬头看她,那双眼睛湿漉漉的,带着期待,片刻后又有了平静得像湖水一样的安稳。胡蝶要说的话卡在了半路,最终像鱼刺一样,令她艰难地咽下去。

"你要钱干什么?"她过了一会儿才问。

杨嘉一低下头,手指互相摩挲,犹豫了些许时间才回答她:"我妈妈生病了,需要手术和化疗。"

"哦……"胡蝶点点头,琢磨了一下,"也是。"

"什……什么意思?"杨嘉一有些不能理解她说的话,前言不搭后语,令人一头雾水。

"给你钱呀。"说着,胡蝶喝了一口卡座上的水,冰的。凉意从喉咙延伸到心口,再到胃,她能清楚地感知到水的流动路径。

胡蝶扬了扬下巴,问他:"带身份证了吗?"

杨嘉一点头,从裤子口袋里摸出自己的身份证。他想:要递给她吗?她只是问问,并没有说需要……

正当他脑袋一团糨糊时，胡蝶径直起身，越过卡座，从他手中将身份证抽走。

"杨嘉一，你身份证上的照片都这么帅呀……"胡蝶喃喃道。她换了三次身份证，每次没有最丑，只有更丑。

她又看了一眼身份证号，惊讶："你才十九岁？大一？"

杨嘉一"嗯"了声，坐姿更加僵硬规矩。

"那你真得叫我一声姐姐。"胡蝶笑了笑，"我真是老了啊！年轻真好！"

她在杨嘉一面前问一句，他应一声。

"给你，小帅哥。"胡蝶将杨嘉一的身份证还给他，想了下，让他先去忙他的事情，等会儿自己再过去找他。

杨嘉一有些迟疑，但还是离开去做自己剩下的工作。


等杨嘉一今天的工作结束，已是凌晨一点。

他不由自主地望向胡蝶所在的方向，那个位置已经换了人，她早就走了。

他摇摇头，往休息室走。本来就是一句醉酒后说出的醉话，他居然还傻傻地保留着一些希望。五十万，那个瘦弱到风一吹就能飘走的姐姐，怎么可能会一口气拿出这么多钱，而且让他当她三个月的男朋友？

怎么听怎么荒唐。

杨嘉一把新衬衫脱掉叠放整齐，又把箱子里的衣服拿出来，找到今天来时穿的换上。短袖打底，外面就套了一件薄绒的运动服。冷，但是没办法。留在这里的东西也不多，杨嘉一没多久就收拾好了。

杨嘉一出门时遇到了一起工作的同事陈改，陈改也是 A 大学生，比杨嘉一高一年级，刚才也是他将自己的衬衫借给杨嘉一的。

"陈哥，明天我把衬衫洗好再给你，谢谢。"

"嘁，多大点事儿，你有空拿给我就行。后天吧，后天咱们有同一节公开课。"陈改拍了拍杨嘉一的肩膀，"明天我再给你问问其他兼职的地方，有招人的我就给你发消息。"

从酒吧后门出来时，这个月的驻唱费用从经理那里划了过来。

2600 元。

原本是 2500 元，多出来的 100 元……

经理的消息紧接而至：多出的一百算是赔你的衬衫。你应该庆幸今天遇到个好人，不然别说两千五，一千你也拿不到。

杨嘉一照常收钱，道谢，然后将钱提现到银行卡，又翻出手机银行看了一眼余额，还差四万。

行李箱的轮子在水泥路面上滚动的声响很大，在这个夜深人静的晚上，悠长寂静的巷子里，他每走一步路都会惊起一连串的狗吠。

胡蝶追上来的时候，手里还捧着一盒在 711 买的关东煮。

"我说弟弟，我不是说了会来找你吗？你现在往哪儿跑呢？"胡蝶在杨嘉一身后不远处站定。

刚才她让杨嘉一去上班，自己窝在那里编辑了好久合同，察觉到肚子饿了才拿着菜单看酒吧里供应的餐食。瞅了半天，一个能吃的都没有。胡蝶先结了之前那三杯酒的账，出门觅食，回去的时候，杨嘉一已经唱完了，舞台上也没影儿。她好不容易抓到个负责人，一问，说人已经离职走了。

胡蝶气不打一处来，瞬间感觉胃都不疼了。她从正门口出来，绕了半条巷子才找到酒吧的后门。幸好，人还没走远。

杨嘉一被突如其来的声音吓了一跳，转身，看见胡蝶在身后。

"你不是走了吗？"他问。

胡蝶找不到合适的语句回复他，只能沉默。

关东煮逐渐变凉，胡蝶也没了胃口。她走到杨嘉一面前，将关东煮递给他，说道："冷掉了，我不吃了。"

胡蝶蹙眉，从上到下打量他一眼——穿得单薄，手也冻得发紫。啧，看着真是挺惨的。那行吧，她大发慈悲帮他拎箱子。

"这个……还是热的。"杨嘉一看着胡蝶将他的行李箱拖走，支支吾吾蹦出这样一句话。

"我说冷了就是冷了。你吃不吃？不吃扔了，再废话把你卖了。"箱子不是很重，但胡蝶很久没拖过重物，才走到马路牙子上，后背就已经沁出一层汗。

杨嘉一三下五除二吃完关东煮，快步走到胡蝶身边，从她手中接过行李箱的拉杆。

他的手伸过去的那一刻，匆匆擦过胡蝶的手背。两人的手同样冰凉，可相碰的时候分明可以察觉到对方的体温。虽然手冰冷，可身体中某一部分的血液却涌上了脑袋，再经过一轮的流转回到心脏，让心跳怦怦作响。

胡蝶搓了搓手背，在这条街找到了另一家711。

等到两人再次面对面而坐时，墙上的时钟指针已经滑向凌晨两点半。

"微信有吗？"

"有的。"

"加一下。"胡蝶将手机从口袋里拿出来，打开二维码，杨嘉一匆匆扫下。

"我叫胡蝶，古月胡。"她说。

杨嘉一连忙备注。

胡蝶瞟了一眼他，顺手将合同发给他："你先看看，合同大概是这样，至于我之前说的什么当三个月男朋友你就当没说。你有什么特长或者爱好都可以当作条件，你唱歌好，给我唱一个月歌？你自己想吧。"

胡蝶去货架上取了一罐热牛奶，付款后直接打开喝掉。这是她从今天，不对，从昨天到现在的第一顿饭。

等她回到小桌那里，杨嘉一也没想清楚。

这么大一块饼，真的就从天上掉下来，并且不偏不倚砸中他了？合同上清清楚楚罗列了对方的要求，只等他将自己想好的写上去。至于他有什么……

"胡蝶姐姐……"杨嘉一特别认真地看向她，眼神中满满都是诚恳。

"嗯？怎么了？你说。"

"如果你信任我，我能不能和你签一个长期合同，我会去工作兼职，给我三年，不，两年，我努力把钱还给你可以吗？就当作是我向你借了五十万，利息的话，看是和银行一样还是你定，我都可以接受……"

仅仅只是唱一个月的歌，怎么能抵五十万？不论从哪一方面来说，都是不对等的合同。

两年……

胡蝶想，等到那时候火化她遗体产生的烟都不知道化成多少地区的雾霾了，还等他还钱？

"你签不签？"胡蝶没了耐心，胃又开始绞痛，她伸出一只手抵在肚子上，"我觉得你唱歌挺好，要不你就每天给我发首歌，发一个月。"

杨嘉一看着她额角的汗以及手上的动作，试探性地开口："姐姐，你是不是胃不舒服？"

胡蝶猛然抬眼："要你管？"

杨嘉一愣神，说话有些结巴："你……今天喝了很多酒……很伤胃的。"

胡蝶没回他。

他歇了会儿又问："姐姐，你吃饭了吗？"

"没胃口，不想吃。"忍过了某一段时间的痉挛，胡蝶坐直了身体，"怎么，你该不会是想请我吃饭吧？"

杨嘉一拧拧眉，一脸纠结。

"我妈先前也是不按时吃饭，更年期后胃一直痛……前段时间带她去检查，胃癌。

"一期。"

胡蝶眉心一跳，心想怎么这么巧，但说出口的话却满满都是火药味："你咒我呢？"

"不不不，不是。"杨嘉一连忙挥手否认，一脸惊慌失措。

"那你什么意思呀？"胡蝶看乐了，将胳膊肘撑在小桌上，捧着脸看他的表情，"弟弟。"

杨嘉一摸不准胡蝶的性子，只好小声地说："如果你不介意，我可以给你做饭吃……"

"啊？"胡蝶疑惑，"做饭？"

杨嘉一点点头，"嗯"了声，补充道："我从小一个人长大，做饭是慢慢练出来的。后来我妈生病，也是我在帮她调理。如果你的胃不舒服，我可以……以后做饭的时候也加上你的一份。"

"哦……这样啊。"胡蝶抿抿唇，像是在思考。

杨嘉一依旧没能明白她是否同意，只能接着说道："如果你觉得做饭这个不行的话，也可以换别的，你决定，反正钱我一定会还你的！"

没等他再次开口，胡蝶就拍了桌子："听得我头都大了，就这个吧。明天我再找你聊，回去洗洗睡吧。至于做饭……等我醒了再说。"

杨嘉一"哦"了一声。

胡蝶起身准备走时，他突然开口："太晚了不安全，我送你。"

胡蝶摆摆手："不用。"

要是真遇见抢劫的，她这鬼样子，谁吓谁还不一定呢。

杨嘉一看着胡蝶的背影逐渐变小，突然想到了家里那一盆脆弱的水仙花，花茎细得都能被风折断。

胡蝶的头发被风吹散，在风中飞舞，等风停了，又规规矩矩地趴在她的衣服上，依偎着、缠绕着，然后渐渐消失在路的尽头。


03

第二日，胡蝶睡到下午三点才起。

窗帘遮掩着玻璃墙，四四方方的房间透不进一丝光亮，胡蝶起初以为已经晚上了，摸过手机一看才知道现在不到四点。床头柜上的闹钟已经落了厚厚一层灰，她也没那个闲心去收拾，趿拉着拖鞋去浴室泡澡。

杨嘉一发消息过来的时候，胡蝶正巧吹完头发。给头发做了一遍精细的护理之后，她才拿起手机看消息。

杨嘉一：姐姐，你还好吗？

可能半天没有等到回复，杨嘉一又补充了一句。

杨嘉一：如果肠胃还是不舒服，最好去医院看看。

胡蝶摁下语音键，回道："我已经好了。"

她将自己的地址发给杨嘉一，随后又摁住语音键说："打车过来，路费报销。C栋B楼四单元，迷路了打电话。"

杨嘉一：那姐姐家里有没有做饭的厨具？

胡蝶沉默片刻，还是回了消息。

胡蝶：有。

打开电脑，胡蝶将杨嘉一的条件加进合同里——

乙方需要为甲方做三个月食谱菜（没有胃口时可以选择不吃）。


这是杨嘉一初次进异性的家，没有想象中那么整洁清新，而是极具生活气息。

见玄关处放了一双男士拖鞋，杨嘉一顿在那儿。

胡蝶有些好笑，说："这是专门给你买的，我家里没有其他男人，恭喜你，成为第一个踏进这里的男性。"

杨嘉一一听这话，整个人仿佛凝固起来，手足无措地站在原地。

胡蝶拖来一把椅子，让他坐，然后去了书房将合同打印出来。

"你看看条款，没什么问题就签吧。"胡蝶说。

其实这个纸质合同也就是走个流程，让这件事情看起来正式一些。杨嘉一看着就是个老实孩子，平白无故给钱他绝对会拒绝，只有这种实打实的白纸黑字才能拴住他。

他拿起合同仔仔细细地看完了，眼神里还浮着一些不可思议。

"姐姐……"他有些踌躇，"就真的只是做饭？唱歌也加上吧？实在……实在没有其他的，就……就按你说的……当你的男朋友也可以！"杨嘉一支支吾吾半天，颇有一些舍命陪君子的豁达。

可胡蝶不是君子，她懒懒地盘腿靠在沙发上看他，感觉鼻尖痒痒的，可能是空气中有一些细小灰尘。

杨嘉一长得很帅气，仔细看的话，还能看到一些成日苦读书留下来的"呆滞"感，骨相看起来还会二次发育，鼻梁应该会变得更挺拔。

胡蝶的目光一寸寸往下滑，杨嘉一也一寸寸变得僵硬。

他还很单纯。胡蝶想起自己当年读大学时好像也是这样，大二大三时看着周遭与高中截然不同的人际关系与生活习性才开始慢慢改变。也是那个时候，认识的人多了，人脉广了，视野也就打开了。

"也不是不可以。"胡蝶勾起嘴角，调侃，"刚好最近空窗期，需要个人陪。"

"那……那姐姐需要怎么陪？"杨嘉一弱弱地问。

胡蝶佯装认真思考，却发现杨嘉一在慌乱中偷看她，她实在没忍住，"扑哧"笑出来："不哄你了，男朋友倒不用，姐姐不缺男人，在我这儿，你才算半大的小屁孩儿。"

杨嘉一很明显地松了一口气，但是紧接着又紧张地开口，像是为了证明什么："我都十九岁了……不小了。"

胡蝶一听，就知道这人还挺能钻牛角尖。

她将脚放回地面，起身活动了片刻。随后，她走到杨嘉一身侧，一只手慢慢攀爬上他的锁骨、肩膀，挑逗着问道："那姐姐问你，你谈过恋爱吗？"

杨嘉一咽下口水，摇头又点头。

"分手了？"

"应……应该吧。"

"你这么可爱，那人都能和你分手？眼光有问题哦！"说完，胡蝶伸出指尖轻轻碰了一下杨嘉一的脸颊，软软的、弹弹的，还有温度。

"不……也不是分手……"杨嘉一解释道，"她是我邻居，因为经常遇见，一来二去，她知道了我妈的事情，也经常去医院照顾我妈，我们偶尔也聊天……就这样三点一线很久了。"

"那这和没分手有什么必然联系？"胡蝶有些疑惑，收掉搭在他肩上的手，抱着胳膊，站在原地继续等他说。

"我妈也以为她是我女朋友，那个时候我妈病房里的人开玩笑，我就没解释，我也以为我们算是在一起了……"

"嗯哼？"

"上周，"杨嘉一的眼神变得空洞，望向桌子边角，很机械地说道，"学校有事情耽误，我妈那边病情突然反复，进了急救室。医生让快点缴费，刚巧她在医院，我就把钱转给她了……"

这事……怎么越听越耳熟？

胡蝶皱紧眉头，突然在脑海中捕捉到了这一段故事的来由——去酒吧之前，等红绿灯的时候听见两个女生在聊八卦，说 A 大的校草……

她看了看杨嘉一的样貌，觉得八九不离十了。"瓜主"竟在自己身边？

"然后，你那个'女朋友'卷款跑了？"胡蝶接上了他的话。

杨嘉一抬眼看过来，眼睛里有些疑惑的神色，似乎在说"你怎么知道"。

胡蝶也不能说她是路上"吃瓜"吃来的，只能耸耸肩："小说里都这么写。"

她拍拍杨嘉一的肩膀，一副语重心长的样子："一个励志男主的背后都有辛酸的经历。我掐指一算，你今后必有大作为！"


中午，杨嘉一就给胡蝶露了一手。

他上楼的时候就带了菜，应该是从小区里的超市买来的，他一进来就将菜放在了玄关，胡蝶没注意。

胡蝶站在厨房门口，倚着门框，静静看着他忙碌的背影。

仔细想想，她往届的男朋友好像都不大会做饭。

他的手指胡蝶一早就观察过，那只拿吉他拨片的手，时常会在她的梦里出现。

杨嘉一将带来的白嫩豆腐捧在手上，轻轻过了一遍水后放在案板上，用刀划成了薄厚适宜的四方片。

鸡蛋在烧热的锅边敲开，完整的两个金黄煎蛋就在锅里成型了。

兴许因为时间的关系，他买了已经处理干净的鲫鱼鱼片，在煮锅里放进了准备好的佐料，加水后才慢慢将鱼片放进去，最后豆腐也被规整地放在煮锅的周围，文火煨着。

等到食材都煮透了之后，他把炸好的金黄煎蛋慢慢放在上面。

正当他要拨葱的时候，胡蝶终于出声——

"我不吃葱。"

杨嘉一点点头，停下了手中要继续进行的动作。

"鲫鱼汤。"他戴着隔热手套，将鲫鱼汤放在了餐桌上。

胡蝶坐在旁边，杨嘉一给她盛饭。说实话，她此时并没有吃饭的念头，但是为了给他一点信心，还是盛了一碗汤喝下。

"很好喝。"这是胡蝶能给出的最好称赞。

杨嘉一问道："你是不是不会做饭？"

胡蝶瞪他："我不会做饭哪里来的锅？"

杨嘉一弱弱来了一句："炒菜的锅都没开过……"

胡蝶愣了愣，还有开锅这种事？！


吃完饭之后，胡蝶问了杨嘉一的银行卡号，先给他转了十万块钱。

"这张卡是二级卡，我没开通升级权限，一天最多只能转十万。明天我们去趟银行，你记得把卡带着。"

杨嘉一略微有些惊住，正想开口，胡蝶止住他："打住，别再说谢谢感谢，我听得头疼。"

胡蝶看着熄灭的手机屏幕里自己那张难以言说的脸，头一次有点不确定到了嘴边的话究竟要不要说出口。

半晌，她问杨嘉一："会唱粤语歌吗？"

"会一些，姐姐要听？"

胡蝶望着窗外，暮色昏沉。

"《捞月亮的人》会吗？"她问。

"嗯，这首歌我很熟悉，前段时间还唱过。"杨嘉一的坐姿稍稍放松了一些。他的手指屈起，轻轻在膝盖处敲击，找节奏。

泪光装饰夜晚，

路灯点缀感叹，

列车之上看彼此失散，

你的面孔早已刻进代官山……


杨嘉一离开时，已经是晚上九点多。

胡蝶在微信上转给他100元钱，备注是路费报销和感谢做饭。

他没收。

胡蝶走到窗口，将窗帘拉开，正要去关灯，胃里开始翻江倒海。接下来，她又在马桶边吐了个昏天黑地。

手机亮了一瞬。

洪主任：小胡，明天来一趟医院？我们再验验血。

这条信息，随着屏幕的熄灭，沉进了黑暗里。


兴许是忘记了前一晚在马桶边呕吐的狼狈样子，第二天，胡蝶收拾整齐，戴着最新买的绒毛帽子，拨通了杨嘉一的电话。

"阿姨在哪个医院？高新吗？"胡蝶听了半天，才听清对面人说的话，"区二院？什么时候……怎么在那里？"

杨嘉一只能如实作答："原本是在高新医院，后来因为医疗费用的问题只能转院。"

胡蝶"啧"了一声，撂下一句"在医院等我"就挂掉了电话。

区二院离她家还挺远，原本以为也在高新医院，没想到是在那么远的地方。那昨天杨嘉一起码在路上折腾了两三个小时……

一种罪孽深重的挫败感上了头，胡蝶叫车，赶忙过去。

区二院的消毒水味道比高新医院更严重，噪音也更多。一路走来，夹杂着方言、吵嚷、哭泣、欢笑的各种声音涌入胡蝶的耳朵。

她戴了两层口罩，没去挤电梯，而是从楼道进去，爬上六楼。

杨嘉一说的那间病房在走廊尽头，此时阳光正盛。

长廊上也加了床位，有护士正在给人拔针，软管里残存的液体在空中划过一道弯弯的桥梁。

胡蝶慢慢走着，推门进去。见到病房上躺着的女人时，她好像瞬间回到了十三年前——那个头发被剪断，脸颊被划伤，膝盖被割破，似乎所有事情都要和她对着干的十五岁。

第二章 · 长夜将明

『姐姐要是普度众生，我一定皈依。』

hudiesha

01

胡蝶进去后瞥了一眼床尾的卡片。躺着的女人叫杨平暮，是杨嘉一的母亲，年纪不大，刚四十五岁。因先前化疗的缘故，她的头发已经剃除干净，现在是光头，滑溜溜的，像个鸭蛋。

杨嘉一在胡蝶推门的时候就察觉到了，起身靠近她，声音压得很低："我妈刚睡，我们出去说？"

胡蝶正要点头转身，却看见病床上的人翻身睁开了眼睛。胡蝶向她点头，琢磨了一下称呼，还是开口叫了声："阿姨好。"

杨嘉一把床头摇上去，扶着杨平暮坐起来，又给她后背塞了两个枕头。

杨平暮有些惊讶，除了李欣悦，杨嘉一可从来没将其他人领到她面前来过。她稍微转转脑筋，想着平时隔三岔五就要来的李欣悦，如今整整一周没有出现过了。

杨嘉一……该不会干了什么对不起人家姑娘的事情吧？

但自己儿子也不是这种人呀。

不得不说，做母亲的一旦开始操心，那便是什么可能性都会浮出脑海。

她揪住杨嘉一的手腕，悄声问他："这位是……女朋友？"

杨嘉一猛地看向胡蝶，只见她还静静站在那里，不知道盯着床位在看什么，不由得庆幸她的视线没落在他们母子身上。

杨嘉一有些急："妈，你不要瞎说！这是我打工的时候认识的一位姐姐。"

杨平暮狐疑地看向儿子红红的耳尖："真的？"

"什么真的假的，她就是！"杨嘉一没料到病房突然寂静了下来，"她就是"三个字在空气中格外震耳欲聋。

"嗯？"胡蝶终于抬起头，看着杨嘉一，"我吗？"

杨平暮也顺着儿子的视线看向胡蝶，那双眼睛……那双眼睛怎么有些熟悉？

胡蝶移开视线："阿姨，您好好休息。杨……杨嘉一同学在校表现很不错，是学校找他有事情，我来传话。"

她能看出杨平暮内心的想法，为了避免后续再聊起来，她径直告辞，对杨嘉一说："我在外面等你，你一会儿再出来吧。"

"姐姐。"没几分钟，杨嘉一就开门出来了。

"嗯？"胡蝶扬了扬下巴，"你妈妈睡着了？"

杨嘉一回道："没有，她一听是学校有事情，立马让我走。"

胡蝶点头："那正好，卡带了？"

杨嘉一"嗯"了声。

胡蝶了然，提步先走。

看她往楼道走，杨嘉一问："怎么不坐电梯？"

胡蝶指着唯一那部电梯，侧头看着他，说："挤得慌，要去你去。"

杨嘉一看着她略微有些时髦的穿着，倒站在她的角度想了想。这一身貂毛万一被挤扁了得多难看。

两人还是走了楼梯，脚步声渐渐重合。


办理完转款手续，胡蝶接到一个电话。

对方是 A 大文学院的院长，想让她去学校做一场期末讲座。

她是在 A 大读的研究生。

胡蝶瞥了眼杨嘉一，杨嘉一好像也有话要说。

她没应也没拒绝，撂了电话。

杨嘉一找机会开口："你应该还没有吃饭吧？一会儿我回趟家做点简单的饭菜给你，你在病房等我可以吗？"

胡蝶想到如果回医院又要闻消毒水味儿和爬楼梯，摇头拒绝："我不。"

"那……"杨嘉一犯难，"找间咖啡店？"

"我和你一起。"胡蝶本想拒绝，可胃里空空如也，这个点竟有些想吃饭的感觉。

杨嘉一："好。"

胡蝶："带路吧。"

杨嘉一狐疑地看向她："你不怕我把你拐卖了？"

胡蝶抱着胳膊，静默地瞅他，没吭声。

杨嘉一挠挠头："没事了……跟我走吧，我家就在附近。"

胡蝶这才挪步，她一边走，一边踢着水泥地上的石子，对杨嘉一说："我可是个疯子，惹我我就把你卖了。"

哪有疯子说自己是疯子的？

"嗯。"杨嘉一在心里默默摇头，表面上却还是应承，尽量不让她的话落空。

杨嘉一的家在区二院的斜后方，站在杨平暮的病房窗口就能看见这片老小区。老小区的安保当然不如市中心那样完善，杨嘉一他们这栋楼连门房也没有。

一拐进巷子，胡蝶就走到了杨嘉一前面。

她没有安全感。在这种地方走在人后，还不如不来。

杨嘉一倒没说什么，在她身后慢慢走着，遇到岔路口会告诉她往哪里走。

他家住一楼，光线不是很好。

但杨嘉一很爱干净，把屋里收拾得井井有条。胡蝶在心里称赞了他一秒，最起码这里比自己家有生活气息。

"你先坐。"说完，杨嘉一进厨房烧热水，认认真真地洗玻璃杯。

水开后，他给胡蝶倒了半杯，放在一旁晾着。

杨嘉一："不知道你有没有洁癖，但杯子洗得很干净。水也是刚烧的，很烫，等一会儿才能喝。"

胡蝶"哦"了一声。

杨嘉一去厨房做饭了，她坐了会儿，没事干就开始刷手机。划账的短信姗姗来迟，她突然想到杨嘉一骗钱的"前任"。

她走到厨房门口，叩门。

杨嘉一拉开门，带着饭菜香问："怎么了？"

"你报警没？"她反问。

杨嘉一疑惑："报什么警？"

胡蝶："就你那前任，不是把你的钱卷跑了？"

杨嘉一愣神，颇有些无奈道："她都成失踪人口了。"

胡蝶皱紧眉头："失踪了？"

杨嘉一转身接着翻炒菜："我报过警。警察来她家的时候，她已经清空家里的东西跑了。不是特别大的金额，一般追不回来。"

"然后呢？"

"然后就没有然后了。"

胡蝶抿紧嘴巴，一时不知道该不该安慰。安慰了像是无形的炫富，不安慰的话……这话题又是自己提起来的。

"嘀嘀嘀——"

一阵手机铃声解救了处在尴尬境地的胡蝶。

可当她看见那一串手机号码的时候，突然觉得更尴尬。

厨房门并没有合上，她迟迟不接电话，引得杨嘉一好奇地看过来。

她挂断。

电话又响。

她继续挂断。

电话再响。

"谁的电话？"杨嘉一将菜盛到保温盒里，又烧热锅倒油炒下一个菜。

"前任。"胡蝶回道。

杨嘉一倒油的手微微颤了一下。

"烦死了。"胡蝶再次挂断。

她正要开飞行模式，杨嘉一突然开口说话："既然一直打，肯定有要紧的事。你……接呗。"

胡蝶侧身靠在一边的墙上，眼睫毛垂下。当电话再次响起来的时候，她径直接通，然后将手机放在了杨嘉一的耳边。

她笑眯眯地望着杨嘉一。

这是他们两人第三次距离如此之近。

她的指尖划过他的左侧脸颊，她的脸在他面前放大了数倍。

胡蝶无疑是漂亮的。只不过因为过分凹陷的脸颊，让这种美丽黯淡了几分。

不知道是不是化妆的缘故，胡蝶的睫毛弯翘的弧度喜人，随着眼睛的眨动，像一把小扇子扇在杨嘉一的心上。只可惜，那扇子成了芭蕉扇，将他的脸从额头到下颌扇了一个通红。

"喂？"

杨嘉一僵硬着身体，两眼突然清明，看清楚了胡蝶眼中的调侃之意。

对方又叫了一声，径直呼出胡蝶的姓名，他也只能应答："你好。"

"你是……"对面的人的声音陡然降了一个调，变得冰凉。

胡蝶拿下手机，直接打开外放。

杨嘉一："你找谁？"

电话那头沉默很久，才说："我找胡蝶，她在吗？"

杨嘉一关掉燃气灶，也顺势将抽油烟机关掉。厨房瞬间安静下来，有一种原始森林里的诡异之感。

"她……"杨嘉一看着胡蝶。

她明显不想接这个人的电话，而刚才因为他的多嘴，她径直将电话接通交给他处理。

杨嘉一清了清嗓子："她不在，你有什么事可以和我说，我转告她。"

胡蝶挑了挑眉，倒是有些意外他的回答。

对方又开口问："你是谁？"

杨嘉一也将这个问题反抛给对方。

集体沉默。

过了很久，久到胡蝶以为电话已经挂断的时候，对面突然出声了："帮我转告胡蝶，3120 酒吧已经重新开业。我希望她能来。地址我会发到她邮箱。"

电话挂断。

邮件也来了。

不是冤家不聚头。

那天杨嘉一唱歌的那个酒吧就是他开的。

"他……"杨嘉一组织了下语言，"他是之前那间酒吧的老板？"

胡蝶将手机放进兜里，"嗯"了声。

杨嘉一："你那天出现……是去找他？"

胡蝶感觉有些好笑，还有种有气也撒不出来的无力感。

她问道："我看起来像是一头吃回头草的牛？"

杨嘉一摇头。

胡蝶慢慢地说："他叫封如白，我前任。'何不如书'这个出版公司听过吗？"

"听过。"

"他开的。"胡蝶说，"这个酒吧估计是副业。这种人就是钱多烧得慌。"

"这种电话他已经打过很多次。我删掉拉黑，他还是有办法能找到我，所以我就不接，等他自己想明白了挂断。"胡蝶拍拍口袋里的手机，叹了口气，"唉……但他又是个死脑筋。难呀难呀。"

杨嘉一重新将抽油烟机打开，再次烧锅。

他问胡蝶："那你会去吗？"

"去哪儿？"胡蝶没反应过来。

"酒吧。"

"为什么要去？"胡蝶抬脚用脚背轻轻踢了下杨嘉一的小腿，"去一次花五十万，我再去就成穷光蛋了。到时候饿死了你养我啊？"

杨嘉一将葱姜蒜放在锅铲上，等油热后倒进去。

在一片噼里啪啦的声音里，他轻轻说了句："不会饿死的。"


02

胡蝶没告诉杨嘉一的是，封如白在某种程度上算是她的上级。而她，就算再遇见十几个杨嘉一也不会变成穷光蛋。从她开始执笔到如今已经十余年，得到的版权费足够让她活到下下辈子。要是活不到，这钱就成了死物，是无意义的存在。

酒吧，胡蝶没去。

周三她去了一次医院，一顿检查过后，指数依旧不达标，但比上次好了一些。

洪主任站在胡蝶面前毫不嘴软地戳她肺管子："三天之后你再来一次。如果那个时候还不达标，后续化疗都没办法进行，你的头发还是会掉。"

胡蝶怏怏道："上周末你就让我五天后再来，怎么中途还带'传唤'的？"

洪主任这才憨笑起来："就是想顺便问问你书写得怎么样了。"

"微信不能问？"

"这不是担心你身体吗？"

"你是担心我写一半就死了，坑没法填吧？"胡蝶有些好笑地看了他一眼。

"哪有哪有……"

杨嘉一最近做饭都会捎着胡蝶那份。

胡蝶考虑到他还要上课，去她家做饭时间也周转不开，所以每次都会抱着笔记本在外面溜达一圈，或者坐在咖啡店写点随笔，然后快到点的时候就优哉游哉去他家。

不得不说，她的胃口慢慢被养好了，平时多吃几口就会吐得七窍离体，但这几日肠胃竟相安无事，温驯异常。

杨嘉一家的客厅空间不大，没有饭厅，平日吃饭都是在茶几上解决的。胡蝶不喜欢坐小凳子，杨嘉一就去给她买了一条小毛毯铺在地上。

这天，她窝在那里，喝了一口冬瓜排骨汤，问杨嘉一的专业是什么。

两个人这才开诚布公地聊天。

杨嘉一是工院的，A大的重点专业在文学方向，工科类的只能算是二级专业。

胡蝶看着认真吃饭的杨嘉一，心里嘀咕：怪不得看起来这么古板老实，是工院的也就不奇怪了。

"毕业之后你想做什么？"胡蝶问他。

杨嘉一垂眼，静静看着陶瓷小碗中摇晃的排骨汤，说："我不知道。"

　　"不知道？"胡蝶疑惑，"你不喜欢现在这个专业？"

　　"我妈希望我有一份稳定长久的工作，喜不喜欢并不重要。"杨嘉一扶着碗，一口把汤喝掉，"况且当时我刚高考完，我妈就查出来这个病，没钱去学我想学的，我只能期望早点凑齐做手术的钱。"

　　杨嘉一起身将脏碗摞起来，收拾桌子。

　　胡蝶也随着他的动作起身，捡起地上的毯子叠起来放在沙发角落，见他往厨房方向走，她扬声问他："你喜欢音乐？"

　　杨嘉一从厨房出来，手上拿着湿抹布，"嗯"了一声。

　　那样一双骨节分明、修长干净的手摸不到钢琴和吉他，该是多遗憾的事情。

　　胡蝶摸出手机，翻了一下联系人，又打开百度搜索框。

　　杨嘉一收拾好出来，卸下围裙，挂在冰箱的侧边，问："你……要走吗？"

　　胡蝶这才从手机中抬起脸，颇有些神志不清："往哪儿走？"

　　话刚出口，她就反应过来，干笑两声："哈，你家沙发太舒服了，我还以为在我家呢。"

　　杨嘉一看了眼自家这窄小且已经有些年头的沙发，又想想胡蝶家中那富丽堂皇的样子，着实没能将二者联系起来。

　　"那你再歇一会儿，我去收拾点东西。"

　　"行。"

兴许是因为微信与电话都找不到胡蝶本人，封如白径直用了出版公司的微博@她。

@何不如书文学：看看我在安城发现了什么？@茧

胡蝶点开微博附着的图片，就是那间酒吧。

3120酒吧没什么特别的含义，仅仅是那本让她在网文界小火一阵子的《屠戮都市》上册中战斗力爆表的女主人公开的一间酒吧的名字。

她嘴角抽搐，手上打字动作不停。

@茧：哈哈哈，太开心啦，竟然真的有这样一间酒吧存在，看着像是在市中心。但是我最近都不在安城，太可惜了，呜呜呜……

@何不如书文学：没关系，作者大大不要伤心，如果想来，我们可以接你参观哦！

胡蝶"哕"了声退出微博。

在比谁更恶心这方面，她还是敌不过封如白。

封如白的电话紧跟着打过来。

屏幕上刺眼的十一位数字慢慢滑动着。

"干什么？有话快说，有屁快放。"

"你终于肯接我电话了？"封如白的语气很温柔，好像活生生变了个性子。要不是胡蝶曾经见过这人砸桌子摔板凳，肯定就被这酥酥麻麻的声音骗过去了。

胡蝶："不说我挂了。"

封如白这才"哎哎"两声阻止:"小茧,我们复合好不好?"

"嗬,你脑袋被驴踢了?"胡蝶扯着嘴角,耐心告罄,"当初分手也是你情我愿,我提出,你同意,一拍两散这不挺好的事儿?你最近又变着法求和,很难不让人怀疑你是不是夜路走多了。要不你找个人算一下,别真撞邪了……"

封如白的声音听起来泫然欲泣:"是我一时冲动……小茧,你再给我一次机会好吗?"

胡蝶甩掉拖鞋,盘腿坐在沙发上,胳膊肘也搭在扶手上,显然已经没有和他聊下去的欲望。

"滚滚滚,去你的小茧啊小茧,我叫胡蝶。你要是不认字改天我把这两个字给你印成锦旗挂你办公室让你天天认。晦气!"

胡蝶生气地挂掉电话,将手机扔到沙发的另一头。

她还在纳闷为什么房间里突然这么安静,结果一回头,就看到杨嘉一抱着一摞书站在房间门口愣愣地看她。

不知站了多久。

胡蝶已经上头的怒火,在见到杨嘉一那副老实模样后,霎时像被喷了一整瓶灭火器,熄了。

胡蝶:"我吓着你了?"

杨嘉一摇头。

胡蝶抠着手,没敢看杨嘉一,毕竟在人家家里,底气不是那么足。她默默地将脚放下,穿进拖鞋里,又成了一阵风就能吹倒的乖乖女模样。

半晌，杨嘉一没出声，折回房间，拿上书包，将一部分书放进去。

胡蝶喃喃："我就是这样的人。"

杨嘉一听到胡蝶说话，又停下动作，回道："这……其实很正常。"

他不是国际院校培养的尖子生，也没有资本去选择私立学校学习。他很普通地长大，周遭的人其实也这样说话，因此并不能代表什么。

"如你所见，刚才那样的我可能只是一小部分的我，易燃易爆、出口成脏、经常控制不住情绪。"胡蝶不紧不慢地说，"而我改不了，也没办法改。我没有可以倾诉的人，遇到令我不爽的人或者事情，我都只能这样。"

杨嘉一抿唇笑了笑："真的没关系，情绪发泄出来是好事。我只是有些惊讶，因为你之前看起来很像一只乖巧的猫咪。"

胡蝶歪头看他："之前像猫，那现在的我像什么？"

杨嘉一微微低头，眼神和胡蝶在半空中相撞："现在像一只会挠人的小野猫。"

胡蝶很擅长写暧昧场景，可当这种苗头出现在现实中，尤其是她本人身上时，还是引起了身体的细小战栗。

她佯装生气，开口道："好啊你，怎么现在连姐姐都不叫？一口一个你啊你啊？"

杨嘉一怔住，有些当真："我以为我们已经比较熟悉了。毕竟都一起吃了好几天的饭……"

胡蝶"扑哧"笑出声，没绷住脸上的表情："说你是小古板你还真是。和你吃几天饭就算熟悉吗？你工作以后真的不会被骗？"

杨嘉一不懂："可你人真的很好。"

胡蝶笑了："人好不能当饭吃，人傻也不能扔钱花。"

她指着杨嘉一收拾好的那堆东西问："你背这么多书，去哪儿？"

"医院。"杨嘉一说，"最近有一些考试要准备。主治医生建议给我妈转院，还是高新医院。那里的治疗环境和医疗设备都是最高级的，医生说如果没有金钱压力，还是推荐去那儿。我算了一下，你给我的钱足够了，但那边离家远，复习时间不够，所以我就过去申请陪床几天。"

胡蝶点头，想着：三天后杨嘉一结束陪床，回家睡觉，那么我住院化疗就不会被碰见。

两人各自拿好东西。

胡蝶帮他抱着一摞书，关门离开。


太阳慢慢钻出云层，散发金黄色的光亮。光铺在地面上，映出两个并肩行走的影子。

胡蝶开口："明天我要去一趟 A 大。"

杨嘉一扭头看她："是有什么事情吗？"

胡蝶"嗯"了声，笑道："一个讲座，净化弟弟妹妹们的心灵。如果你有空也可以来，姐姐普度众生。"

杨嘉一笑了。

胡蝶这才发现他的下颌接近嘴角的地方有一颗痣，棕色的，悄悄地藏在梨涡里。

"姐姐要是普度众生，我一定皈依。"

胡蝶看着他，说："是我小瞧你了，口才这么好。"

杨嘉一耳尖红红的，承诺："谬赞。明天我一定去。"


03

因着前几日的一场小雪，安城温度骤降。

提前到来的冬风卷着地上的枫叶，一辆车驶过，世界仿佛骤然安静。

胡蝶和 A 大院长在停车场碰面后，径直往讲厅走。

她没想到学校会将一个简单的讲座弄得有些声势。学生中也不乏她的小说读者，还没到时间，讲厅大楼外已站了很多人。

院长笑着说："反正咱们讲厅挺大，外面的读者也想来，我就没封校。"

"行。"胡蝶和他一起到后面的办公室休息。她从包里翻出几张 A4 纸，上面简单记录了一些要说的话。

差不多刚顺完流程，胡蝶便上台了。

讲厅座无虚席，灯光柔和，徐徐落在台上的桌子上。

胡蝶鞠躬，和台下的同学以及读者打招呼。

"大家好呀。我是作者茧，也是胡蝶。"

掌声雷动，其间还夹杂着好多男生的口哨声。

胡蝶笑着坐下，调试话筒。

人头攒动，胡蝶并没有看见杨嘉一。从她这个视角看下去，密密麻麻都是人头。

胡蝶很轻松地和大家聊天，慢慢讲述自己大学时期的窘事。

大家也静静听着，时不时爆笑一声作为回应。

讲座即将结束，胡蝶抿了一口矿泉水。

凉水入肚令她很不舒服。

她看向腕上的手表，已经讲了两个小时。

昨晚杨嘉一发消息问她中午想吃什么，他早上要回一趟家，可以做好带到学校，她讲完刚好可以吃。

现在已经超过两人约好的时间。

主持人以及院长对现在热情高涨的氛围很满意，要不是有时间限制，甚至有在这里开一场签售会的安排。

主持人抑扬顿挫地讲话："同学们！胡蝶老师也是大家的学姐，讲座已经接近尾声，有什么问题大家可以提！"

本来想退场的胡蝶听见这句话又坐了回去。

正当很多人都跃跃欲试时，胡蝶绕场的视线突然定格在某一块寂静之地。

男生穿着连帽卫衣和运动裤，外面套着一件牛仔外套，很休闲的打扮。

杨嘉一就站在那一片空地上，手上抱着保温盒，里面装的是昨晚商定好的饭菜。

她眯起眼睛笑了起来，可能因为饭近在眼前，那点胃痛都不算问题了。

主持人走下去递话筒："来，这位同学有没有想问的？"

"请问老师的《屠戮都市》下册，什么时候能够写完呢？"

"不出意外，明年就会和大家见面了。"

"请问老师，有没有签售的想法？还有，您真的好好看，就是太瘦了，要多吃饭！"

"谢谢。"胡蝶轻轻瞥了一眼杨嘉一的方向，他还站在那里，"签售目前没精力，至于吃饭……"

胡蝶看着杨嘉一手上蓝白相间的三层饭盒，在话筒前迟疑了一瞬。

"最近，有好好吃饭。"她看着杨嘉一说道。

"我我我！想问问茧老师，有没有男朋友？"

这个问题引起大片起哄声。

胡蝶扶正话筒，摇头："目前没有。"

底下一阵尖叫。


杨嘉一的目光顺着顶棚的光，一寸寸滑到胡蝶身上，最后再落到她脸上。

比起第一次见她，现在她的脸已经鼓起来了点，至少脸部轮廓线条是顺畅的，那种割死人的钝感消失后，眉目间的眼波流转反而更加令人心动。

他来得不早也不晚，正巧是胡蝶讲到理想的时候。

胡蝶当时在台上，很认真地告诉大家："大学是人一生中最难忘的地方，不论好与坏，它承载着你的成长与蜕变，告诉你怎样步入社会。不要急着离开这个地方，好好念书，等到毕业就再也回不来了。"

"男朋友"三个字将他发散的思维拽了回来。

杨嘉一看过去，发现胡蝶的眼神一直在他这里停留。

手无意识地抠着饭盒边缘，直到她的眼神挪走，他才不自觉地松了口气。

汗水已洇湿整个手掌。


最后几个问题，胡蝶回答得很匆忙。

她额上浸出了几颗豆大的汗珠，搭着主持人的手，几乎是逃一样地从侧门离开直奔厕所。

胃里绞痛难耐，她干呕了几声却什么都没吐出来。

也是，什么都没吃，哪里吐得出来。

最近她一直按照杨嘉一做饭的时间点吃饭，原本消化系统已经习惯这种作息，谁知道今天讲座时间一拖再拖，导致她本来就不怎么安宁的胃又开始反抗。

院长也急急赶来，因为是女厕所，他进不来，只能在门外问："胡蝶啊，情况怎么样？怎么就吐了呢？是不是吃坏什么东西了？"

胡蝶压下那阵不适，推门出去："没事儿了。"

"真没事？"

"真的。"

胡蝶和几个领导打过招呼，离开。

她把手机从包里拿出来的时候，已经有三十多个未接来电。

都是杨嘉一打来的。

她刚要回电，屏幕又亮起。

胡蝶接通。

"在哪儿？"杨嘉一问，"你下台时脸色不好，出什么事情了？"

胡蝶轻轻咳了一声，嗓子干哑："没有，今早没吃饭，刚才肚子疼。"

"肚子怎么又疼了？是胃还是哪里？"杨嘉一有些着急，"你人呢？还在办公室吗？"

胡蝶说："我不在办公室，你往停车场的方向走。"

"好，马上。"

胡蝶戴着口罩，校园里行人稀少，不远处的公告栏前有三四个人聚集。

她走上前，才发现是公示的国家奖学金名单。

玻璃框内整齐贴着十张红底照片——

工学院有两名学生，没有杨嘉一。

"怎么没有杨嘉一呢……"右前方的女生恍若和胡蝶的脑电波

相撞，径直将胡蝶心里的想法说出口。

另一个女生也附和："对啊，咱们当时投票的时候不是都选了他吗？"

"这是怎么回事？"女生有些义愤填膺，"又是那几个，上学期他们不是都得过了？"

"谁知道呢……"

闻言，胡蝶盯着玻璃框上工学院那两个学生的照片静静发呆。


下午两点，阳光钻出云层，冷冽的风稍微减弱了一些，带了一些暖意。

胡蝶先前告诉过杨嘉一自己的车位，让他先去那儿等。等她过去的时候，杨嘉一已经等了二十多分钟。

胡蝶离开公告栏时，胃已经开始痉挛。走到停车场门口的时候，她径直蹲在了路边。

她拿出手机翻出电话号码，拨出去。

"杨嘉一……"

"喂？你在哪儿？"杨嘉一分外着急。

"胃疼，在停车场门口蹲着，你……"胡蝶连说话的力气都没了。

杨嘉一没挂电话，一路小跑过来。

"胡蝶！"见到胡蝶，杨嘉一惊住。

见到人来，胡蝶再也坚持不住，整个人直接往地上栽。

杨嘉一疾步过去，将晕倒的人拥在怀里。

他一靠近胡蝶，就察觉到她身上热气蒸腾。

杨嘉一腾不出手，直接用下颌抵在她的额上，感觉她发烧了。

迷迷糊糊的胡蝶只能挣扎着攥紧杨嘉一卫衣帽子的松紧带。

"不去医院。"她含混道。

"什么？"

胡蝶撑了一下身体，嘴唇擦着杨嘉一的脖子，想要找他的耳朵对他说话，但因为整个人重得像铁，只能将额头搭在他的肩上。

杨嘉一身体僵硬。

她又重复了一遍，带着些委屈的哭腔："不去……不去医院。"

杨嘉一仔细想了想，不去医院，那就只能暂时去校医院看看情况了。

"好，你先睡会儿。"

饭盒被他扔掉，他将胡蝶抱起来。

她很轻，轻到随时都能被风刮走。

昏沉中，胡蝶闻到了一股浓烈的消毒水味道。

味道侵入鼻腔，她猛地咳嗽了起来。

胡蝶翻起身，发现手背上正扎着点滴。杨嘉一搬了一把椅子坐在床边，正在看书。

医院？不是……

杨嘉一听到她咳嗽，起身拍拍她的背。

等她平复了一些，杨嘉一将晾在一边已经变温的水递给她，说："喝吧。"

"这……"胡蝶眨巴着眼睛看向他。

"这里是校医院，你发烧了，听你刚才说胃不舒服，就抽了点血检查。"杨嘉一接过喝光的水杯，"没什么问题，就是没吃饭。"

闻言，胡蝶松了一口气。

校医院的抽血检查没那么精细，看不出什么。

杨嘉一眉头皱起来："你的肠胃比我想象的还要脆弱。"

"老毛病了，"胡蝶状似腼腆地笑了一下，"以前经常熬夜写东西，昼夜颠倒，就成这个样儿了。"

"明天你和我一起去高新医院检查一下吧，我妈的手续今天都弄得差不多了，明天就转院。"杨嘉一对她说道。

胡蝶心中警铃大作："我有按时体检。没事！"

"……好。"杨嘉一也不为难她。

等她手上这瓶药水挂完，他又拿来体温计给她测体温。

一切正常后，他去前面缴费。

杨嘉一回来时，胡蝶放下手机，掐灭手机屏幕，视线有意无意地从杨嘉一身上划过。

杨嘉一没有考驾照，回去时只能叫了代驾。

杨平暮那里请了护工，手术后还能近身照顾，现在就在区二院陪着。

上车输入地址后，胡蝶又昏昏沉沉地睡过去。

她脑袋一晃一晃的，最终落在杨嘉一的肩膀上。

杨嘉一坐在她的身侧，小心翼翼地将肩膀放低，好让她靠得更舒服些。

他划动手机屏幕。

上面赫然就是胡蝶的百度百科。

胡蝶，28 岁，A 大研究生。笔名：茧。

杨嘉一匆匆扫了一眼"个人经历"。

最后视线落在了"孤儿"和"曾患抑郁症"这两个字眼之上。

车子快速行驶着，偶尔驶过减速带有些颠簸，胡蝶睡得不舒服，会哼唧一声。

杨嘉一低头，问她："要不要听歌？"

胡蝶意识模糊："要听……"

"《捞月亮的人》，"杨嘉一接了她的话，"是不是？"

"嗯。"胡蝶软软一笑，浑然不像平时的模样，而是有种小孩偷吃奶糖的满足，"就是捞月亮的人。"

第三章·雾里月光

神明或许已经降临人间

01

前方路段拥堵。

胡蝶随着车辆的起步和刹车像小鸡啄米似的点头，杨嘉一只能伸出右手放在她额头上。

烧退了。

杨嘉一松了口气，身体向后，靠在椅背上。胡蝶的脑袋也随着他的移动紧紧卡在他脖颈处。

她的呼吸轻轻洒在他的皮肤上。

很痒。

离开校医院之前，胡蝶又喝了一剂退烧药，加上刚才听了一首歌，现在睡得很沉。

代驾从后视镜看到杨嘉一这一连串动作，颇有点羡慕："你对你女朋友还挺温柔。"

杨嘉一乍听到"女朋友"这三个字，不由得愣神。片刻后，他反应过来，正想解释，胡蝶一只手伸了过来，在他的腰侧摩挲着，带了点试探的意味。

终于，她找到了杨嘉一的胳膊，拉着他的胳膊环在身前。安排妥当后，她脑袋一歪又睡了过去。


到胡蝶家楼下时，杨嘉一先是轻声叫了她几次，没反应。

代驾收了钱，从后备箱把自己的"小电驴"扛下来，打了声招呼就走了。

见胡蝶叫不醒，杨嘉一只能将她的手臂放在自己的脖颈后，环住她的腰将她抱出车外。

她不重，加上有电梯，杨嘉一没费多少力气。

到了胡蝶住的楼层，杨嘉一刚出电梯，就看见大门正对面的墙上靠着一个人。

西装革履，身上略微带着冷气。

或许是因为在这里等的时间很长，男人的表情很不耐烦。他的鼻梁上架着一副金丝框眼镜，见到杨嘉一以及杨嘉一怀里的胡蝶时，便直接走过来。

"把她给我。"男人开口。

"你是谁？"杨嘉一尽量压低声音，避免自己吵到胡蝶。

"她男朋友。"男人说。

闻言，杨嘉一知道了男人的身份。

他再次开口说话就像护崽的狼："封总有何贵干？据我所知，胡蝶和您现在什么关系都没有了吧？"

封如白身体一僵，转瞬又反应过来，说："她这也和你讲？你是她的谁？"

"这您就不需要知道了，您只需要知道的是，她现在需要休息。"杨嘉一绕过他。

"胡蝶——"封如白突然就像是发疯了一般，跟上前抓住胡蝶的胳膊，在楼道里低声怒吼，"你告诉我，他究竟是谁？"

胡蝶被他的声音吓醒，窝在杨嘉一胸前狠狠颤了下。

转醒，胡蝶的神志还是朦胧不清的。

"封如白？"胡蝶发现自己被杨嘉一抱住，连忙挣开。

"胡蝶，我们和好行吗？别闹小脾气了。"封如白往前一步想拉她的手。

杨嘉一走上前，直接挡在胡蝶面前。

他不说话，但是锐利的眼神像是能扎死人。

胡蝶看向封如白，这下瞬间清醒了，很冷静地说："你要是疯了就早说，我好帮你叫人。"

封如白："我没有疯，疯的是你。以前你同我吵架，从来不会像现在这样说走就走，头也不回。"

胡蝶倒是承认了："是啊，我本来就是个疯子。所以趁我这个疯子没开始发疯之前，你赶紧离开我家。"

"你告诉我他是谁。他抱你上楼回家，你竟然还能在他怀里睡着？"封如白指着杨嘉一，表情龟裂。

胡蝶弯了一下嘴角道："男朋友，怎么了？"

封如白愣住，杨嘉一也愣住。

"有什么问题？"胡蝶冷眼看着封如白，"我男朋友抱我、送我回家，这不是再正常不过的行为吗？"

封如白还想说什么，胡蝶已然拉住杨嘉一的手。

陌生的温度在两人手上相互传递。

胡蝶察觉到了杨嘉一的紧张——满手心黏腻的汗水。

胡蝶将两人相牵的手在封如白面前晃动："好走不送。"

说完，她转身，指纹解锁，先让杨嘉一进去。

胡蝶撑着门口，对封如白说："我知道你在担心什么，无非就是我下本书以及以后作品的版权问题。你不需要用前任、分不分手这类借口去伪装你虚伪的模样。告诉你一声，以后我都不会写书，《屠戮都市》下册更不会签给你。"

说完，她也不在意封如白的神色，砰地关上门。


暮色越来越浓烈。

杨嘉一洗洗手，又去楼下买了一些蔬菜。

胡蝶吃不了太多东西，杨嘉一简单做了一碗面条。

不多，但她还是没吃完。

胡蝶放下碗，坐在地上，望向杨嘉一。

他坐在沙发一角看书，挂灯已被摁亮，照着翻开的书页，投下柔和的影子。

　　可能是胡蝶本身就挺高的原因，她一直觉得杨嘉一是个小孩，可是今天她才发现自己想错了。

　　杨嘉一甚至比封如白还要高一点。

　　他的侧脸很有轮廓感，鼻梁高挺。

　　察觉到胡蝶的视线，杨嘉一扭头，问道："吃完了？"

　　胡蝶摇摇头："没，吃不下。"

　　杨嘉一说："是面煮硬了吗？"

　　胡蝶："没有，很软，很好吃。"

　　杨嘉一合上书，起身走过来，看着胡蝶碗里还剩的面条皱眉。

　　胡蝶缓和视线，看向他软乎乎地傻笑。

　　杨嘉一问："你对我也要假装表情？"

　　胡蝶这才垮下脸，压着嗓子道："我怕你会生气。"

　　"我为什么会生气？"杨嘉一拿起碗，用筷子另一头夹起面条尝了一口。偏软，味道也正常。

　　胡蝶没想到他直接吃她吃剩的面条，连阻止都忘了，整个人凝固在那里。

　　杨嘉一确定不是面的问题后，望向胡蝶，轻声道："不喜欢吃面条？"

　　胡蝶犹豫了一下才点头。

　　她很想给他讲个故事，可他们之间并没有那么熟悉。

杨嘉一将剩下的面解决，打开冰箱，问她："是我没提前问你。想吃什么？我重新给你做。"

胡蝶穿上绒毛拖鞋，走过去将冰箱合上。

"我不吃了。"胡蝶揉揉肚子，"真的，过了那个时间段我就不饿了。"

杨嘉一点点头。

过了会儿，胡蝶将书房门打开，邀请他："这里算是我的秘密基地，进来说话吧。"

杨嘉一随着她的脚步进入书房。

书房由两个房间构成，空间很大，一堵墙做了一面顶高的书柜，里面密密麻麻放的都是胡蝶以"茧"这个笔名出版的书籍，另一侧书柜里倒没有这边密集，零零散散放着各类专业书，应该是胡蝶创作的时候用来拓展行业内容的。

胡蝶给他指了一块区域，说："这里的书你随便看，都是关于音乐的。"

杨嘉一凝神，书籍从乐理知识类到各个乐坛巨匠的自传全部被放在胡蝶为他划出的一片属于他的领域里。

"谢谢……"杨嘉一喃喃道。

胡蝶倒也不客气："不用谢，就当是今天你帮我的答谢礼。"

夜空中挂着几颗亮莹莹的星，偶尔有一架飞机飞过，惊得它们眨巴着眼睛。

杨嘉一在书房看书，胡蝶静静躺在沙发上，有些无聊地欣赏玻璃窗外的夜色。

　　不知不觉，她又睡了过去。

　　察觉到时间已经不早的杨嘉一陡然清醒，将看了一半的书页记下，走出房门正要找胡蝶，却发现人已经在沙发上掉进梦乡了。

　　他悄声走过去。

　　胡蝶在梦里喃喃细语，杨嘉一只能依稀听见"头发""不要"几个字眼。

　　他抖开薄绒毯轻轻搭在胡蝶的身上，起身时，胡蝶突然捉住了他的胳膊。

　　"别走。"她说。

　　窗外的夜空中又飞过一架飞机，越过皎洁的月亮，像一只振翅欲飞的蝴蝶。

　　杨嘉一的胳膊被握住，只能顺着沙发边缘坐下。

　　掉在地上的手机发出微弱的亮光，弹出两三条信息后又隐没在黑暗里。

　　不知道胡蝶做了什么噩梦，手攥得越来越紧，杨嘉一不由得有些担心。

　　胡蝶轻轻叫了一声："妈妈。"

　　杨嘉一脑海中瞬间蹦出百度百科上醒目的字眼，再次看向胡蝶的眼神里又多了一丝不知名的情绪。

　　胡蝶是矛盾的。仅凭他们这几次接触，杨嘉一就察觉出她和常人的不同。其他人做事情通常都是具有逻辑，带有规划的，而胡蝶却是想到什么做什么，她的世界里没有其他人，也融入不了其他人。

她偶尔是一个正经的人，却会在某一时刻脆弱得像断翅的蝴蝶，美丽、颓唐，然后缩小身躯，静默地死去。

就像现在，在迷糊的梦境里喃喃，如同小孩。

良久，胡蝶被梦中的画面吓到，心脏狂跳，而后睁开湿润的双眼。

杨嘉一第一时间就将眼神投过来，轻声问："做噩梦了？"

胡蝶意识还未回笼，心里还想着：他不是应该在书房吗？怎么跑到这里来了？

见她不说话，杨嘉一起身。

胡蝶的手顺势滑落，她回过神，心怦怦直跳。

"你一直在这里？"

"本来要走，见你做噩梦了……"

胡蝶无意识地吞咽："我刚才……没对你做什么事情吧？"

杨嘉一倒了杯温水送到她手上，神色间有些挑逗的意味："你猜猜？"

胡蝶埋头喝水，含混不清地说："我记不住。"

杨嘉一："你做过的事情不想承认？"

胡蝶抬眼，有些好奇自己睡着后的行为，难不成还会梦游？

杨嘉一怀着捉弄她的想法，漫不经心道："我给你盖被子，你拉着我的手怎么都不愿意松开。"

"真的？"胡蝶狐疑。

"嗯。"杨嘉一将胡蝶手上握着的玻璃杯取走，凑近，看着她疯狂眨动的眼睛，接着淡淡地说，"姐姐，你还叫我男朋友。"

02

最近天气有回暖的迹象。

这天算是破例，胡蝶醒来的时候已经是凌晨。地铁停运，打车也很贵，她就留下杨嘉一在次卧睡了一晚。

第二天，胡蝶考虑到自己过几天要住院，就让杨嘉一把书房的音乐书清理了几本带走。

"高新医院离这儿挺近，如果你要给阿姨做饭，就来这边吧。"胡蝶对他说，"仅限最近三天。过几天我要出去一趟，时间不定。"

"好。"杨嘉一转身去收拾，没多问。

时间一晃而过。

这几日胡蝶也在按时吃药，检查结果很理想。

换好病号服，胡蝶一反常态地提了要求，住进了顶楼的 VIP 病房。

小睿给她扎滞留针："怎么，有记者要采访你呢？"

胡蝶翻了个白眼，"哟"了声："有认识的人也在这儿，被认出来麻烦。"

"我还以为你都火到有媒体随时跟踪报道了。"小睿揪下松紧带。

"杨平暮这个人你有印象吗？"

"有啊，前几天刚转进来的。"小睿疑惑，"她就是你认识的人？"

胡蝶摇头："她儿子。"

小睿收拾药瓶和针头，给她注射："怎么着，是桃花儿？"

胡蝶抬脚往小睿屁股上踹，小睿躲得快，没让她踢着。

胡蝶问道："她情况怎么样？"

小睿想了一下杨平暮的症状："还成，过几天手术。她还算幸运，癌细胞一直都没扩散，但要切三分之一的胃。"

胡蝶点头，这也算一个好消息。

小睿还要巡房，和她说了几句话就出去了。

VIP病房可以算得上豪华，一般都是有钱人或者在附近拍戏受伤的明星才会住。

小睿走后，胡蝶才看见杨嘉一给她发的微信。

"你昨晚就走了？"他直接发来语音，声音听起来有些沙哑。

胡蝶前天就告诉了他自己家门的密码。杨嘉一白天在她书房看书，中午、下午做两顿饭送到医院。晚饭送到医院之后就会直接在医院陪杨平暮。

昨天下午等杨嘉一离开，胡蝶就收拾东西，叫上小睿帮她搬"家"。

穿过医院门诊部才能到住院部的大楼。坐电梯上楼的时候，刚巧碰见杨平暮被护工推着回病房。胡蝶戴着口罩，又站在小睿身后，杨平暮自然没看见她。

思维回转，胡蝶打字回复：嗯，有个邻市的活动要参加。

杨嘉一：多久？

胡蝶：一周。

胡蝶想了想自己的恢复时间，又补充：可能，或许时间还会久一点。

杨嘉一：那你照顾好自己。

话题也止步于此。

杨嘉一想多说一些，但又不能冒昧开口。

胡蝶让他最近安心照顾阿姨，不用管她，随后放下手机。

今天的天气看着不好，胡蝶拉开窗帘，外面的街道车水马龙，楼下的车位上停了几辆救护车，红蓝色的灯光交叉闪烁，配上今天的天色，显得萧索。


快接近下午五点时，胡蝶被叫下去，说是要重新抽血化验，如果今天晚上没什么问题，明天就可以化疗。

她戴着口罩，套了一件厚实的派克服，围着大围巾下楼。

小睿已经下班，换了一件常服，在电梯口等她。

见胡蝶出来，小睿带着她往抽血窗口走。

"科室已经下班了，我领你去。洪主任怕你的状况不稳定，就要你再化验一次力保安稳。"小睿本来在前面领路，因为要和她说话，就放慢了脚步，和她并排走，"洪主任是真的希望你多活些时候。"

胡蝶认为她活不久，化疗只是用金钱堆砌出的时间。洪主任让她多活一日算一日，无非和封如白一样都抱有同一种期望——让她写完未尽的书。

抽完血，小睿将样本交给化验科上夜班的同事。

小睿本来想将胡蝶送到病房再走——害怕上次逃跑事件、寻死觅活事件再次发生，但胡蝶再三发誓自己早已没有了这种念头，小睿于是从正门离开。

夜晚的穿堂风吹来，大衣的毛领随风而动，轻轻地扫着她的脸颊。

她转身想去六楼的大平层吹吹风，电梯门打开，杨平暮刚巧也在里面。

往常拥挤的电梯中竟只有杨平暮和护工二人，胡蝶想避也避不开。

杨平暮把轮椅往后滑动了一下，给她让出位置。

"姑娘？"杨平暮叫她。

那双眼睛，自己是不会认错的。

"阿姨好……"左右进退两难，胡蝶只能打招呼。

"叮咚"一声，六楼到了。

"能和我聊聊吗？"杨平暮犹豫着开口。

闻言，胡蝶看向杨平暮。

杨平暮一直抬头看着她，眼眶中已经存着很多泪水。胡蝶沉默片刻，还是点了头。

六楼不高，但是能够一览医院附近两三条街道的街景，远处天空的云也能尽收眼底。

云是灰色的，天是蓝色的，人是渺小的。

栏杆前，两人一立一坐。

杨平暮让护工先回去帮杨嘉一。

护工点头，替她掖了掖腿上的小毛毯后离开。

"这些年……"胡蝶干涩着喉咙问，"你还好吗？"

杨平暮眼睛含笑："有嘉一照顾我，过得也不算差。"

她看见胡蝶下身的病号服，问道："你怎么了？生病了吗？"

胡蝶点头，并不想多聊住院这件事儿："小病。"

"上次就觉得你眼熟，果真没认错。"杨平暮轻轻说道。

她的声音很温柔，和十三年前一样。就算再怎么慌乱，听到她的声音都能让人安心下来。

"认出来……"认出来又能怎样？胡蝶轻叹，"都过了这么多年，那小孩还好吗？"

"没了。早产，出生的时候在保温箱待了一个多月，本来以为长大后能强一些，谁知道那个狗杂碎有天喝酒回来把他当成嘉一打了顿，等送去医院的时候已经不行了。"

胡蝶沉默良久。

她该说些什么？

或许什么都不说才是最好的。


所有时光顷刻之间回溯。

十三年前，胡蝶十五岁。那天，她奔出孤儿院时，倾盆大雨就拼命往下砸，雨滴撞在她的背上、肩上、头发上。

被浇透的她像极了乞丐。

发黄的短袖、早已被磨破的牛仔裤、不合脚的杂牌帆布鞋，浑身上下没有一件东西是自己的。

原本还有她最喜欢的黑色长发。

但现在长发也没了。

她顶着一头长短不一的头发，站在雨幕里。

院长上月开始咯血，而且已经很苍老了，院里被收养的孩子都叫院长为"妈妈"。

孤儿院是所有人的第二个家。

有一天，院长私下叫胡蝶聊天，无力地说道："这个地方……可能开不下去了。"

院长抚摸着她的长发："剩下的那些孩子，有人来联系，过不了几天他们会去往新的家庭。"

剩下的话，院长并没有说出口，但是胡蝶都明白。

孤儿院里剩下的孩子年纪都很小，记事能力也很弱，拥有新的家庭之后，过不了多久，就会淡忘自己孤儿的身份，重新拥有幸福。

而胡蝶很小便待在院长身边，被院长辛苦带大。她不舍，院长也不舍。

就这样拖着拖着，孤儿院的人来来走走，最后留在院长身边的只有胡蝶了。

送走最后一个孤儿，院长的身体就垮了。

也是这个时候，胡蝶明白了一分钱难倒英雄汉这个道理。

马路上车来车往，大车的轰鸣声、轿车不停按响的喇叭声……

雨、灯光、霓虹、一头短发、死去的院长，组成了一个十五岁的胡蝶。

口袋里仅剩的十元钱，胡蝶送给了杨平暮，那个陌生的、怀着孕、看起来即将要生产的女人。

她是在桥洞下看到杨平暮的。

雨势越来越大，女人身上青青紫紫，一手托着肚子，一手举着伞，像是在找什么人。

倾斜的雨丝很快便淋湿了女人薄薄的衣服。

胡蝶开口叫她："阿姨，先过来躲会儿雨吧！"

两人面色苍白，仿佛是母女。女人看见桥洞下的胡蝶，迟疑了一瞬，还是收伞走了过去。

女人问胡蝶："你……头发怎么回事？"

胡蝶看着女人尖尖的肚子，没说话。

静默无言，只有雨声潇潇。

"你在找人？"

女人点头，情绪有些激动："我儿子，刚被他爸爸带出去，可那个男人自己一个人回了家。外面下这么大的雨，我不放心。"

"孩子多大？"

"五岁多，快六岁了。"

胡蝶看着外面的雨丝毫没有减小的趋势，说："我帮你去找。"

可还没等女人将孩子的模样全然告知胡蝶，她的肚子就开始抽痛，羊水破了。

胡蝶也是第一次遇到这种情况。

不过在孤儿院，各种各样的事情遇见得多，她第一时间想到要将人往医院送。

女人渐渐站不住了，隔几分钟就出现一次的阵痛让她呼吸全然错乱。

胡蝶将女人的伞打开，走到她身边，将她的手环在自己肩颈处，用力将其拖起来。

"坚持住，我带你去医院。"

大雨、早产的女人、随时会倾倒的雨伞、口袋里的最后十元钱，汇成二人十三年前的一场相遇。


03

风没停，将天空慢慢吹成一幅油画，红的是残阳，白的是眼泪。

杨平暮垂下肩膀，有些颓然："这么多年，我很希望能够再遇见你。"

"为什么？"

"我想对你说声谢谢。"杨平暮眼神中全是坚定，比起多年前，多了不少。

"你的一番话让我清醒。我不知道你小时候经历了什么，但我确实不如你。"杨平暮有一瞬间回忆到了过去，但她很快挣脱出来，

"没有你那句话，我怕是这辈子都没有带嘉一离开他的想法。"

胡蝶静静看着天边坠下的一大片晚霞。

灰暗的天空终于有了一丝色彩，橘红色笼罩住了医院的玻璃。她颇有些感慨，原来已经过了这么久了……

当年那个被爸爸扔出家门六岁的杨嘉一，她还没来得及去找的杨嘉一，已经变成和她朝夕相处两周的大学生。

"离开就是最好的结局。"她淡淡地说。

闻言，杨平暮也眺望远处："我们还真挺有缘分。"

胡蝶笑了："是啊。"

命运其实就是上帝无聊时抛下的跳棋。有些棋子永远都连在一起，有些棋子还未相见就已经背道而驰。

两人又聊了些近况，还是科室洪主任找来才算结束。

洪主任看见胡蝶，有些惊讶："风这么大你在这儿吹风？"

杨平暮也同洪主任打招呼："怎么，洪主任你也认识胡蝶？"

洪主任点点头，压根儿没有看见胡蝶那已经接近狰狞的表情，说道："对呀，胡蝶一直都是我的病人。"

杨平暮知道洪主任是治疗胃癌的一把好手，闻言，看向胡蝶的眼神有些震惊："你……"

洪主任这才注意到胡蝶的表情，连忙找补："你别多想，她没什么大事儿，不过我以前就认识她，她住院了才多照顾照顾。"

杨平暮的情绪这才平复下去。

为了避免遇见杨嘉一，胡蝶让洪主任把杨平暮推回病房，自己等另一部电梯上楼。

可事与愿违，三人正在等电梯的时候，杨嘉一推开安全通道的门走了过来。

离开六楼，医院独有的消毒水气味再次涌进鼻腔。

杨嘉一走来的时候，胡蝶是逆光站着的，他并未看清她。

突然，走廊尽头爆发出一声尖叫，而后哭泣声陆陆续续出现，有医生往这个方向走来。

似乎是有人边痛哭着边从病房里奔出来，对着医生的后背用拳头捶了下去："庸医庸医！连个孩子都救不回来！"

医生没料到，趔趄了一下。

胡蝶距离医生很近，也被吓到了，往后退了一小步。不料脚踩到了轮椅后方的轮子，她整个人失去平衡，即将摔倒的时候，有一双臂膀在她身后出现，她结结实实地靠在了一个男人的胸膛上。

心跳宛如雷声震鸣。

杨嘉一这才看见胡蝶，上下打量了下，发现了她厚实衣服下的病号服。

他的语气严肃，很认真地叫她的名字："胡蝶。"

"嗯……"胡蝶自知理亏，低头回应了一声。

她正想找理由，洪主任警惕的八卦魂冉冉升起，开口道："哎？你们认识呀？"

杨嘉一没有理会洪主任的话，只是静静看着怀里的人。

胡蝶已经站直，转过身，但杨嘉一伸出的手并没有收回来，还环着她。

杨平暮觉得儿子现在的状态有些不对劲，轻声叫道："嘉一？"

杨嘉一回神，对杨平暮说："妈，你先和洪主任上去吧，我和胡蝶有话要说。"说完，他握住胡蝶的手就往安全通道走。

杨平暮点头。

洪主任在后面喊："小伙子，你轻点拽！"

胡蝶的腕骨很细，的确要轻些对待。

可是在那一瞬间里，杨嘉一想了很多。

为什么会在医院遇见胡蝶？为什么胡蝶会穿上病号服？为什么胡蝶要骗他……

可是任何一种埋怨，杨嘉一都问不出来。

他的立场在哪里？他的理由又是什么？

他又是以何种身份？

胡蝶缓缓开口："我不是有意骗你。"

杨嘉一的脸色不好，半晌后妥协地问："哪里不舒服？"

胡蝶没跟上他的思维："我现在很好呀，没有不舒服的地方。"

杨嘉一叹了口气："你要是没有不舒服，这衣服是怎么穿在身上的？"

"上次你胃痛我就让你检查，"杨嘉一离她稍微远了些，缓了缓语气，"胃不舒服？"

"嗯……"

胡蝶还在琢磨着要不要告诉他实话，就听他接着问道："昨晚住进来的？"

胡蝶点头。

杨嘉一拧眉："昨天晚上的米饭对你来说是不是有点硬？"

胡蝶没想到他竟然在自己身上找原因，忍不住笑出声。

她靠在后面的白墙上，"嗯哼"了一声。

杨嘉一检讨自己："那我下次注意。"

胡蝶仰头看他，发现他头顶的头发翘了起来，显得整个人很呆。

她伸出手，轻轻将他的头发压下去。

"骗你的，"胡蝶说，"你不要自责，怎么什么事情都往自己身上揽？"

她想起杨平暮刚才说的话，小小的杨嘉一被赌博醉酒的爸爸当成发泄品一样踢打，别人的爸爸都是超人，他的爸爸却是一个混吃等死的浑球。每每学校开亲子运动会，别人的家庭分外和睦，而他的身后永远只有妈妈一人。

想到这儿，胡蝶心里更是软塌塌的，她慢慢揉了揉他脑袋。

她这一举动在杨嘉一的心里却不是简单的行为。

不仔细看，压根儿看不出他睫毛轻颤。

杨嘉一小时候活在爸爸的阴影下，稍大一些弟弟去世，父母离婚，那个男人因为过失杀人蹲监狱。考上大学的他本该能够开启轻松的人生，不料母亲又得了重病，到处打工筹钱又成了他的生活。

他不敢去爱，也不会去爱。

他曾误以为热心帮助的李欣悦是他乏善可陈日子里的阳光，可是他错了。

他封闭住自己，以为会变成顽石。

可他又遇见了胡蝶。

和胡蝶站在一起，他渺小得像是大海里的金鱼。

大海是他的归宿吗？

或许鱼缸才是。

想到这里，他微微有些哽咽。

"我是不是……永远都追赶不上你的脚步，在你面前我永远都很幼稚，像个小孩子？"

胡蝶摇摇头，伸出手指拨弄了下杨嘉一额前的几绺发丝。

"你会长大的，会追赶上我的脚步，还会超越我，成为独一无二的杨嘉一。"

杨嘉一抬眼，面色如常，可颤抖的眼睫毛还是出卖了他。

"你有没有想过，或许只是因为你在第一层？"胡蝶不等他回答，抽出原本插在口袋里的左手，在两人面前伸展开。

"人是会攀爬的生命体。"胡蝶伸出另一只手，抓住杨嘉一的右手，放在自己左手掌的下面，"虽然有些人一出生就在第二层，但你要是有勇气，何不试试为自己搭一架攀云梯？"

她将左手收回，轻轻说道："你知道吗？我以前都不在这条食物链上。"

杨嘉一说不清自己此时的心情——心脏的狂跳是因为他和胡蝶的肢体接触，还是她掏心掏肺的一番语言震动他的肺腑。

他也收回手，垂在身侧，紧握成拳。

犹豫再三，他张开双臂，将胡蝶紧紧扣在怀里。

她身上有种淡淡的香味，像是茉莉，又像是玫瑰。

正如胡蝶，有时是清新淡雅的温柔茉莉，有时又是热烈如火的带刺玫瑰。

"胡蝶。"

"嗯？"

"谢谢你。"

"……不客气。"胡蝶拍了拍杨嘉一的背，下巴抵在他的肩膀上，"杨嘉一，你会成为迎风而起的蒲公英。"

无论有风无风，都能肆意生长，随遇而安。

"嗯。"杨嘉一在心里暗暗发誓，一定会成为天空中最亮眼的星，成为让妈妈、让……胡蝶都能一眼看见的、了不起的存在。


回到病房，胡蝶卸下力气，安静地躺在床上，心想：杨嘉一，如果你没有遇见你的父亲，一定会过得比现在更好。

"我们当年……"胡蝶轻笑了声，自言自语，"差点就见过了呢。"

"叮咚叮咚"，杨嘉一发了两条长长的语音过来。

"捞月亮的人又来了。"杨嘉一沉默了一会儿，再次说出口的话带着笑意，"希望你今晚可以梦到美好的未来。半夜会下雪，如果想看风景，可以来找我。"

"天台很冷……"

后来他断断续续清唱的歌声胡蝶渐渐听不清楚。

原来……他已经知道了。

那个晚上准备放弃生命的人，其实是她啊。

那夜，是安城近两年来第一次下雪。

胡蝶从顶楼的栏杆爬到水箱外延伸出的一片空地上，这里算是小天台，曾经有人从这里一跃而下，血肉模糊。

她坐下，抱着腿冥想。

她可不想这么不光彩地死，万一脸先着地，自己这张脸蛋摔坏了都没人收尸；可要是跳下去，虽然没有脸，但是头发还能保住，不用变成鸡蛋、鸭蛋、鹅蛋，光秃秃的……

想着想着，她倒有些乏了。

听到杨嘉一歌声的时候，是后半夜。

她以为是碰见鬼了，没想到是面试。

少年在夜色中唱了一首粤语歌，和他通话的人似乎很满意，在一片嘈杂的背景里吼着："那你明天就来上岗！"

少年鞠躬道谢，明知道对面看不见，但还是庆幸又有挣钱的机会了。

胡蝶站在天台上，看着水箱下面的人，萌生出一种活着也很好的错觉。

她刚想说话，就被吹来的风卡住嗓子。

在寂静的深夜，一连串的咳嗽声在天台响起。

少年站定，抬头望去。

一个女孩蜷着身体，逆着光坐在天台上。

"你……"

"把你刚才唱的歌再唱一遍吧？"

少年愣住，直到女孩沙哑着嗓子再次请求，他才反应过来。

夜里长风起，吹动女孩的头发，地面上，两人的剪影互相依偎，像是一帧一帧影片。

一个清冷和一个富有磁性的声音在两人相遇的时空中游离。

"歌名叫什么？"

"《捞月亮的人》。"

胡蝶笑了笑，指着天空："今天没有月亮哎。"

杨嘉一抬头，等了一会儿，也指了指天空："有风，就会有月亮。"

胡蝶抬头，果然看见了云层后的月亮。

月光如水倾泻。

风轻轻拂过两人的身体。

杨嘉一看着天台上的女孩，温声说："想看风景的话，六楼的平台也可以。

"这里很冷。"

雪花纷纷扬扬从天上洒下，神明或许已经降临人间。

第四章 · 刹那心间

他甘愿做风，陪她走完这一程山路

01

翌日。

静脉注射后，胡蝶浅睡了半个小时。

安城的天气预报并不准确，昨夜胡蝶在窗口待到半夜也没看见杨嘉一说的小雪，直到洪主任查房，要求她去睡。

她睡着后，大雪似乎才想起降落这件事，一开始随着风无所依存地飘荡，后来渐渐下得密集。很快，从顶楼往下看，白茫茫的一片，停下啄食的鸟宛若溺在其中。它们都会飞，而胡蝶早已经失去入场资格。

杨嘉一怕胡蝶还在睡，只发了几条消息。

学校的课业紧，他中午和医生商量了杨平暮的手术时间，下午回学校参加考试。等他再回到医院，又是夜幕降临。

地上的雪已经很厚实了，脚踩在上面嘎吱嘎吱响。杨嘉一推开病房门时，杨平暮已经安然睡下。他又悄悄合上门，走到六楼的大平台上。

这个时间，陪着他的就只有救护车的车灯。

警示灯忙碌地闪烁着，直到一声鸣笛后车辆驶出医院大门，唯一鲜活的光亮也消失了。

杨嘉一打开手机，微信页面并没有消息回复。

他的好友不多，高中同学两个、大学同学一个、各处打工认识的二十几个朋友，班群三个，此刻都安静地躺在列表里。

他点开与胡蝶的聊天框。

打字键跳出来。

犹豫半天，他还是默默摁灭手机，放进口袋。

望着沉沉夜幕下的灯火，他轻轻叹了一口气。


胡蝶把自己的现状归根到了氟尿嘧啶身上。

因为这个药名字难听又难看，所以自己的身体才会如此排斥。

她辗转反侧一下午，也吐了一下午。小睿被洪主任安排，坐在小沙发上陪了她一下午。

胡蝶喝点水都能去厕所吐半个小时，更别说吃饭。

可能是病变的缘故，这次化疗后，胡蝶胃部的不良反应超出预期。

她无力地躺在床上，看着天花板。等胃里的灼热感稍稍消退，她撑着床棱转了一下身体，看向窗外。

"小睿，帮我拉开窗帘吧。"

窗帘将整个房间围得密不透风，被囚禁的蝶又怎能飞得动？

这几日没看见太阳，暮色倒是很美，看见的次数很多。

小睿用湿棉签帮胡蝶润嘴唇，看见她侧身后枕头上掉落的几根头发，顺手拿走，扔进垃圾桶。

窗外的雪还在下。

也不知道这雪落下去是融化了，还是变成雪人的一部分。

疼痛慢慢减轻，胡蝶精疲力竭，正要睡着，手机响起。

杨嘉一打电话过来。

胡蝶开了免提，将手机放在床上。

小睿看这情况，果断转身出去配药。

"喂？"杨嘉一先开口，声音有些沙哑。

胡蝶声音很低，听起来有些虚弱："有事？"

"你刚睡醒吗？"

"算是吧。"

杨嘉一昨天晚上问了值班医生，胡蝶的病房在顶楼 VIP 区，没有病人的许可不会放人进去。他想着太晚，也没有合理的身份去探病，只能等白天。

这几天胡蝶的电话总是打不通，"嘟嘟"声一直沉稳有规律地响，直到通话自动挂断。

杨嘉一在安全通道和她打这通电话。通道里很冷，寒风不留情面地往衣领和裤脚里钻。他的手在发颤，却不是因为冷。

杨嘉一咬咬唇："想吃什么吗？我给你捎。"

他其实不抱希望的。

高新医院 VIP 病房是全方位服务，饮食都会有专家按照每个病人的身体需求制定不同的膳食菜谱，然后由专人做好后送到病房。

他这么说……

是因为他找不到话题。与她失联时，他只想找到她。

电话接通，听到她声音的那一刻，他心里的大石头放下，而后她每说一个字，他的心脏就雀跃一分。

"有点想吃花卷。"胡蝶说。

杨嘉一在楼道笑出声，略有回音，但他并不在意，看着飘飘落落的雪，"嗯"了声："那我做好给你送过去。"

"好。"胡蝶轻轻咳了一声，胃里灼烧的感觉又起来了，她想结束通话，但是身上又没有力气，"去我家做吧，近一些。门锁密码你知道。"

"成。"

"还有……"

"嗯，你说。"杨嘉一静静等她开口。

"多放点熟芝麻。"

有些奇怪的要求，但杨嘉一也答应下来。

去胡蝶家的路上，他买了一些芝麻和面粉。家里有蒸锅，蒸两笼花卷也不费时间。

雾气蒸腾，杨嘉一静静看着锅盖被热气拱得跳跃，听着咕噜咕噜的沸腾声，厨房渐渐有了烟火气。

胡蝶先前去他家吃饭，在那边的菜市场买了很多稀奇古怪的碗碟。他家地方小，放不下，她才一点一点往家搬。

橱柜里的东西都是她买的。

案台上，油盐酱醋齐全，抽油烟机上已经沁了油，是他存在的证明。


花卷蒸得很松软。

回医院的时候，杨嘉一在楼下买了一小袋榨菜。

胡蝶也很想吃榨菜，嘴里塞得满满的，一边吃一边夸他："心有灵犀心有灵犀，我就好这一口。"

杨嘉一给胡蝶倒了一杯水，放在床头晾着："吃完再喝。"

胡蝶想起什么："你吃了吗？"

杨嘉一点头："吃了。"

"阿姨呢？"

"明天手术，今天下午开始她就不能吃饭了。"杨嘉一看着胡蝶吃，花卷渣粘在她的嘴角，还有些芝麻一边吃一边落，幸好床上立着小桌板。

杨嘉一抽了几张卫生纸递给她，她伸手把桌子上的残渣刮到手心里，扔进垃圾桶。

"那你去陪着阿姨吧，我吃完就睡觉了。"胡蝶咽下最后一团，擦擦手,拿起刚才杨嘉一递给她的水喝了大半杯。

杨嘉一欲言又止,纠结半晌,还是抿抿嘴唇,收拾好东西准备下楼。

走之前他还问胡蝶:"明天想吃什么?"

胡蝶认真思考了一下,发现脑袋空空如也,只好说道:"晚上给你发微信,我现在想不出来。"

杨嘉一捏捏手心,颔首:"好。"


杨平暮第二天早上九点进的手术室。杨嘉一在外面走廊上坐着等。那盏示意着杨平暮还在生死门前挣扎的灯一直亮着。

在手术室门口,听得最多的就是病人家属的声音,拖着长长的调子,带着急切,又带着悲哀。

杨嘉一愣怔间,一个走路还有些摇晃的小男孩来到他跟前,戳了戳他的腿。

"哥哥。"小男孩奶声奶气地叫他。

"嗯?"杨嘉一看到小男孩孤零零的,连忙环顾四周,并没有发现他的亲属,"你一个人跑出来的吗?"

杨平暮是在急救室做的手术。正当换季,气温降得厉害,免疫力低下的小孩中招概率最大,因此急诊科里小孩的哭闹声此起彼伏,好像非要在这个雪白的早晨一较高下。

小男孩点点头:"妈妈听医生讲话去啦。"

杨嘉一将他抱起来,放在自己腿上,用手护着:"妈妈让你一个人在这里等她？"

"嗯！"小男孩重重地点头，"妈妈肚子里还有小妹妹，妹妹很调皮，妈妈心情不好。"

杨嘉一也不清楚小男孩家里的情况，不好贸然开口。他替小男孩把口罩重新罩好，问道："想不想吃糖？"

小男孩这才想起自己的事情，要转头看什么东西。

杨嘉一举着他换了个方向，让他坐在自己的另一条腿上，顺着他指的方向看。

胡蝶就在那里站着，也不知道站了多久。

小男孩招招手："漂亮姐姐！我传好话啦！"

胡蝶抬脚慢慢往这边走。

杨嘉一颠了下腿，问小男孩："姐姐让你传什么话呀？"

胡蝶已经走到近前，坐在杨嘉一旁边，从衣服口袋里拿出两支棒棒糖。

小男孩乐呵呵地捏起其中一支，很有礼貌地道谢。

胡蝶揉揉他的脑袋，他这才想起回答杨嘉一："姐姐没说。"

杨嘉一啼笑皆非，这算什么传话？

胡蝶见杨嘉一笑了，便将另一支棒棒糖递给他。

糖果落进掌心，杨嘉一弯弯眼睛，也跟着说了一声："谢谢姐姐。"

"不客气。"胡蝶也揉揉他的脑袋，"别紧张，这类手术很安全的，而且还是洪主任主刀，更不会出事。"

杨嘉一握紧手心里的糖果，喉间沉沉地"嗯"了一声。

小男孩没剥开糖果，等妈妈检查完出来，他才从杨嘉一腿上蹦下来，和胡蝶、杨嘉一告别，往妈妈那里小跑过去。

"妈妈！刚才有位姐姐给我了一支糖果！我没有吃！留给妹妹吃！"男孩将棒棒糖举得高高的，又伸出另一只小手摸摸妈妈的肚子，小声说话，"妹妹乖，我把糖果留给你吃哦！你不要再乱动惹妈妈不开心啦！"

胡蝶没忍住，笑出声。

杨嘉一诧异地看着她，她却浑然不在意，只是问道："小孩可爱吧？"

"可爱。"

胡蝶笑着笑着，略微有些惆怅："以前我还想着生一个懂事乖巧的小孩，等我老了给我养老送终。唉……如今太迟了。"

杨嘉一疑惑："怎么会迟？你才多大。"

胡蝶指了指自己的病号服，正要开口，手术室门口的指示灯突然灭掉，门也层层打开，护士推着一床病人缓缓向外走。

"杨平暮的亲属在哪里？"

杨嘉一起身道："这里。"

站在最后的护士拿起诊疗单，一项一项地向他汇报情况："手术很顺利，还有其他的细节检查后续会通知。最近这两天不要吃生硬冰冷的食物，流食最好……"

杨嘉一也在确认信息，等到他回头准备接着听胡蝶说未说完的话时，那张座椅上早已没有人停留过的痕迹。

廊上有风钻过，蝴蝶轻飘飘地随风而去，挂在高悬的炽阳上。那是光亮，也是火源。飞蛾扑火，也只是转瞬而已。

02

"怎么把窗户开着呢？"小睿进来换药，见胡蝶坐在沙发上，盘着腿，腿上放着笔记本电脑，正噼里啪啦单手打字。

胡蝶回应道："我刚吐了，气味太难闻。"

小睿"哦"了声，将托盘里的药水吸到针管里，再注射到吊针的导管里，问道："要帮忙收拾吗？"

胡蝶摇摇头，从屏幕前抬起头，面色有些苍白，但说话间还有精气神："帮我问问洪主任有没有膏药，帮我拿几张吧。"

小睿往胡蝶身上环视了一圈："哪里受伤了？"

胡蝶抬起自己的手腕："腱鞘炎犯了，还有颈椎痛。帮我拿几张膏药贴一下就行。"

小睿应声，收拾好针管和药水，下楼帮她拿膏药。

胡蝶放下电脑，站起身，举着吊瓶走到卫生间。

虽然气味已经消散得差不多了，可是仍有那种靡靡的黏腻感。仅是心里带来的感觉，她也无法忍受。

地上静默地"瘫"着一团头发，在胡蝶眼中，那团头发恍若已经生出鼻眼，虽蜷缩在一起，但无一不在嘲笑她：

看吧，你多脆弱。这么多年，你花了多少钱保养这一头黑发，结局呢？结局是什么？

胡蝶狠狠闭上眼睛，等小睿拿到膏药上楼的时候，让她帮忙收拾了卫生间。


中午陪着杨嘉一等杨平暮做手术时，不知道是下楼吹了冷风的缘故，还是没吃早餐，身体很快就给出了反应。

胡蝶窝在急诊科的厕所里呕吐，把胃里吐得一干二净。

她双眼模糊地看着镜子里的自己，头发乖巧地铺在肩膀上，这几天在医院，没办法护理它，光泽也黯淡了几分。想了片刻，她又自嘲一笑。

身后的隔间出来了一位阿姨，递给她一张纸巾。阿姨眉眼带笑，说话也温柔："有宝宝啦？吐得这么厉害，一定是个调皮的。"

胡蝶愣愣地看着纸巾，直到阿姨将纸巾塞到她掌心，她才抿了抿唇。

阿姨没说什么，洗完手就走出去了。

萍水相逢而已。

是啊……萍水相逢而已。


小睿将窗关上，又帮胡蝶贴上膏药。

"那个……杨阿姨的儿子，刚才在主任办公室问起你。"

胡蝶回神："问什么？"

"问你生了什么病，为什么住了好几天院脸色还那么差。"小睿抱臂靠着窗棂侧头看她，"还问了能不能上楼看你。"

胡蝶低头："然后呢？"

小睿耸耸肩："洪主任没跟他说你的病，我帮你拒了。你还在适应期，万一有什么反应吓到弟弟就不好了。"

胡蝶扯唇，情绪有点蔫："滚蛋。"

"不想告诉他？"

"什么？"

"你的病。"

胡蝶摇头，颇有些无奈："每次要和他说，总会被打断。"

"感觉这小孩儿有点喜欢你。"小睿看向胡蝶，"你这情况……还能谈恋爱吗？"

胡蝶望着窗外低空飞过的白鸽，表情看不出什么情绪。她将视线挪回来，捶了小睿一拳："我七老八十也能谈！"

算是避过话题。

可横在两人面前的问题却是怎么也逃不掉的。

杨嘉一那打眼就能看出来的情绪逃不过胡蝶的眼睛。

对于胡蝶来说，杨嘉一只能算是一个正值青春期的少年，有爱慕很正常，有心动也很正常。

想到杨平暮曾经的处境，很容易联想到杨嘉一的成长过程。

对于在那种环境下成长的人，往往只需要一点点示好，他们就难以忘怀。可一旦这种示好逐渐变成利用，甚至是获取名利的工具，他们就会无限期封闭自己。

杨嘉一如今的样子，如果胡蝶逼问，他甚至都不知道现在的心动算是什么。

为什么她会这样想？

因为她也曾是这样的人。

床头柜上的手机嗡嗡响了两声，屏幕亮起，胡蝶抬眼看过去。

杨嘉一：在吗？

杨嘉一：你还没告诉我想吃什么。

胡蝶这才拿起手机回复。

胡蝶：没什么胃口，不用了。

可能是回绝的字看着太生硬，"正在输入中"闪了几瞬就再也没出现过。

这是胡蝶一贯的做法。

晾着。

人沉溺在一段情感中的时候，是分不清界限的。

正如同她与杨嘉一。

刚才小睿的话惊醒了她，她所认为的与杨嘉一所经历过的全然不可一概而论。

她是要死的人，初次见到杨嘉一的夜里，因为一首歌，让她苟活于世。

再次遇见，她带着越来越少的生命，救下了一个穷途末路的人。

而这个穷途末路的人要救的，却是见过她最惨烈青春的人。

时间就像是一场轮回。

指针永远走不到尽头，一遍又一遍地重复着滑稽的故事。

她对杨嘉一的感情是怎样的？

悲悯？释怀？

她不清楚。

只知道那一定不会是爱情。

胡蝶翻出上次联系的好友，手指戳戳点点。

很快，对面给出了答复。

胡蝶松了一口气，退出聊天页面，才发现杨嘉一已经发来好几条信息。

杨嘉一：好。

杨嘉一：那……有没有想吃的夜宵？

杨嘉一：我可以和你聊聊吗？

杨嘉一：就十分钟。

胡蝶的眼睫毛颤了颤，闷着嗓子，轻轻叹了口气。

胡蝶：好。八点，六楼吧。


下午小睿上楼来，给胡蝶带了粥和药，放在桌子上。

"白粥，温一温胃吧。"

胡蝶应声，眼神仍旧没有离开电脑，文档删删减减，最终定稿保存起来。

大纲页被摊开在电脑桌面。

就像是她生命的倒计时一般，每一章都有其既定的命数。

小睿坐在一边，在一堆药盒上仔仔细细写下服用量，歪头看见她没有打字后，才开口问："快写完了？"

胡蝶颔首："还有四五章就结局。"

小睿笑道："洪主任要开心死了。"

"的确，要是看到大结局，可能真要气死。"胡蝶站起身伸懒腰，抬手摸了摸自己的头发，然后将手掌在眼前摊开，掌心又多了几根黑发，"真想快点死。"

"别看了。"小睿起身，把她手心的头发拿下，领着她吃饭，"再乱想头发掉得更快。"

"哦。"胡蝶安静地坐下。

小睿帮她把头发拢在一起，用发圈绑起来，静默地看着她吃饭的侧颜。

这次化疗后，胡蝶的反应的确不是一种好的征兆。洪主任私下和其他几位医师开了好几次会议，小睿也跟着听了听。

总体来说，大部分医师的意见就是看开点，让病人做点想做的事情，这种情况，华佗再世也没有办法。

胡蝶脸侧的轮廓已经非常瘦削。

最初小睿是不认识胡蝶的，奈何洪主任接诊后天天念叨，小睿便去查了胡蝶的百度百科。

很荣幸，接诊过知名作家。

但也很不幸，要看着这位作家慢慢死去。

刚定下化疗那会儿，胡蝶的态度还不错，吃药打针很积极。后来临床反应出来，一夜过后开始脱发，胡蝶就像变了一个人，抗拒治疗、偷拔针管、在天台疑似要跳楼……

那个时候，小睿才从洪主任口中得知胡蝶在写作初期患有极度严重的抑郁症。

或许是文人作家常常与故事共情的缘故，"抑郁症"在这类职业者身上经常出现。

但胡蝶和其他人相同又不同。

她从不会与故事共情，只会对她的头发产生一种极度依恋，甚至会出现幻觉。

小睿回神，将药给胡蝶整齐摆放好。

"服用方法都写在上面了。"她道。

胡蝶放下勺子，将白粥的盖子合上，说道："好。吃不明白我再找你。"

小睿心里的沉重之感瞬间烟消云散："你当吃糖呢？还吃不明白？"

胡蝶擦擦嘴："只能这样想了呗，不然那么多在喉咙口就化掉的药，那味道一整天都忘不掉。"

"行呗。这样想也挺好。"小睿起身，"那我下班了。有事叫值班护士。"

"拜拜。"


今天安城又"新婚"。

白白的雪覆盖住高楼大厦，像给万物披了白色的婚纱。

胡蝶走到六楼大平台的时候，是晚上八点过几分。

杨嘉一已经在那里等着了。

他站在栏杆处，手上拎着保温饭盒，像一座凝固的大山，翻不过也移不走。

胡蝶站得远，将他的背影同四周陈列物品对比，才发觉他竟然还在长个子，此时的他比初遇那时候还要高点儿。

他今日穿起了羽绒服，灰黑色，在夜里不明显，腿上应该是加绒的灰色运动裤。

胡蝶向他走去。

地上有积雪，脚踩上去发出轻微的嘎吱声响。

听到动静，杨嘉一转头看向她。

夜色朦胧，胡蝶只能依稀看见他的眼眶略微红肿。

哭了？

胡蝶将手插进衣服口袋，抬头看他。

"谁欺负你了？"胡蝶问。

杨嘉一清清嗓子，没吭声。

胡蝶见他不开口，追问："不是你叫我聊聊吗？"

杨嘉一缓了缓情绪才开口："嗯。"

他声音闷闷的，喉咙里像堵了一团棉花。

片刻后，杨嘉一问她："冷不冷？"

胡蝶摇摇头，今天衣服穿得挺多，只有没裹到的手冰冰凉凉。

不过现在放在口袋里，也感受不到冷风侵袭。

杨嘉一拉开羽绒服拉链，从内侧的口袋里取出一双毛茸茸的手套，递到胡蝶眼前："戴上。"

"你是哆啦A梦吗？"胡蝶接过手套，但没戴上，反而把手机掏出来，将几个名片转到杨嘉一微信上，"你记一下，这几个是华文音乐工作室挺有名的制作人，如果你有什么音乐上的想法可以跟他们探讨学习。光看我那里的书是不够的。"

杨嘉一看着胡蝶露在头发外的耳朵小小的，粉粉的。

胡蝶抬眼，发现他并没听自己讲话，略有些懊恼："杨嘉一？"

"在。"

"你听不听？"

"你为什么对我这么好？"杨嘉一冷不防来了这一句，胡蝶顿时失声。

她想再说点什么，却不知怎么开口。

杨嘉一伸手，将她乱飞的头发捋在耳后，又抓住羽绒服的后领往前拽了拽，围住她的后脖颈。

"身上哪里不舒服吗？"他问。

"什么？"

"有膏药味。"

"你鼻子倒挺灵。"胡蝶缩缩脖子，"颈椎病。"

说完，她又匆匆补了一句："老毛病了。"

"你一点也不像个成年人。"杨嘉一说，"到现在这个年龄，还不会照顾自己。"

胡蝶皱眉："你都快比我小一轮了，好意思说我？"

杨嘉一："起码我能照顾好自己和妈妈。"

胡蝶："……"

杨嘉一很郑重地叫她的名字："胡蝶。"

胡蝶撇头："你少损我了。"

"不损你。"杨嘉一想看看她的脸，可是她将脸转过去，他看不着，但也没关系。

杨嘉一提了口气，轻轻道："我想……再多照顾一个人。"


03

"什……什么？"胡蝶有点没明白杨嘉一的意思。

只有这个时候，胡蝶才会产生和年轻一代有明显代沟的感受。

杨嘉一喉咙干涩，这种类似表白的话一旦再说，就有一种骚扰的含义。

"你愿不愿意？"

胡蝶没去看他，只是握着还泛有余温的手套，用手指轻轻摩挲着，说道："怎么突然说这个？你不是一直在给我做饭吗？"

"我看到了。"杨嘉一拿过手套，握着胡蝶的手腕，将她的手慢慢塞进手套里，"我中午去取书，有一张夹在书中的化验报告单。"

胡蝶在听到这句话的那一瞬间僵硬了半边身子。

"那你可怜我吗？"胡蝶微微扬起下巴，抬眼看他，眼尾泛着淡红色，"杨嘉一，你觉得我可怜吗？"

杨嘉一察觉到了胡蝶的情绪波动，说出口的话结结巴巴："我……我不是那个意思，胡蝶。"

胡蝶当然知道他不是那个意思。

可当这个事实摆在两个人的面前，胡蝶亲口说和杨嘉一先发现又是不一样的。

她讨厌怜悯。

讨厌那种别人因为她的脆弱和无能而对她万般小心和呵护的感觉，这让她觉得自己很可笑。

"胡蝶，"杨嘉一叫她，"在你住院的这几天，你不允许任何人去看望，我把你写过的小说都看完了。"

胡蝶合上眼睛，逼回眼泪。

杨嘉一落在了阴影里："我从未参与过你以前的人生，可是我想着，将你一字一句写完的小说看完，多多少少会懂得一点你的生活。"

楼下又有救护车驶出，闪耀的斑斓光影越过两个人的脸。

胡蝶望向杨嘉一，他的脸上确实没有血色，她突然记起之前他说过最近会考试。

考试、手术、想参与进她的生活，这一件又一件的事情，拼凑出一个要碎掉的杨嘉一。

"我们认识多久了？"

"十五天。"

"才十五天。"胡蝶轻轻道,"你的人生,其实有很多个十五天。"

杨嘉一从栏杆上拿起先前放下的饭盒,对着胡蝶说:"小米粥,有榨菜。"

这着实不算一个高明的转移话题的方式。

胡蝶又叫他:"杨嘉一。"

"嗯。"

"我会死。"

"我知道。"

"我不需要别人的怜悯。"

杨嘉一重新帮胡蝶拢了拢毛领,缓声开口:"我也不是一个会说话的人。"

"我曾以为我对一切事情把握得都很好,学校、医院、酒吧三点一线。我以为这就是我未来的生活。"此时,一颗透明的水珠划过他的眼角,"可是在我长大的这段路上出现了意外。"

胡蝶静默。

"意外是你。"杨嘉一继续说,"回去吧,外面太冷了。"

胡蝶摇头拒绝,在这漆黑如墨的夜色中开口:"你是个很单纯的人。"

杨嘉一轻笑一声:"我好像听你说过。"

胡蝶说:"你的人生才过了五分之一。还是老话,你得分清什么是喜欢,什么是爱,什么是感激,什么……是施舍。"

她的出现只不过是他生命汪洋中的一粒沙子。

在那几日彻夜不眠的夜里，纸张翻飞的夜里，他考虑过这个问题。

他想参与她的人生。

这是第一步。

文字说不了谎。

白纸黑字也是胡蝶的灵魂。

那张化验单掉出书架，是杨嘉一看清自己的第二步。

那天下午，他坐在沙发里，看完了《屠戮都市》上册。

杨嘉一只记住了一句话——纵然野火焚不尽这都市，我心依旧热烈如血。

她是胡蝶，是茧，也是蝴蝶，一只即将湮灭的蝶。

他甘愿做风，陪她走完这一程山路。


夜风很冷，杨嘉一还是带着胡蝶回到病房。

胡蝶坐在床边，杨嘉一把粥放在床头柜上，问她："现在吃吗？"

胡蝶说："现在不吃。"

杨嘉一"哦"了声，开始帮她收拾东西。

胡蝶的自理能力很差，被子可怜地团在床头，杨嘉一将被子抖开，重新铺好。

杨嘉一问："要睡觉吗？"

胡蝶没说话。

杨嘉一等了会儿，又问："那……现在你想干什么？有什么想法都可以和我说。"

　　胡蝶抬头看他。

　　杨嘉一的神色同往常一样，露不出一丝情绪。

　　"唉……"胡蝶叹气，"你过来，把手机打开。"

　　杨嘉一输入锁屏密码，划过页面。

　　胡蝶按开微信，映入眼帘的是六条来自她的信息。

　　也不知道杨嘉一什么时候修改的备注，此时，置顶的聊天对象昵称仅仅用了一只输入法自带的蓝色蝴蝶代替。

　　她看着杨嘉一一个一个添加微信好友。

　　每加上一个，她就给杨嘉一解释一遍。

　　"这个是陈子卫，今年年初获得了年度最佳音乐制作人的奖项。如果你真的喜欢音乐，他获得的这个奖项就是你未来要奋斗的目标。"胡蝶指着陈子卫骚气的头像说，"人挺逗，有实力也是真的。他前几年每年都会有流行的歌，男女老少都喜欢。"

　　"你喜欢他的歌？"杨嘉一问道。

　　胡蝶倒没听过几首，如实地说："他的歌太吵了，我比较喜欢听抒情点的。也不知道是不是因为流行趋势的问题，很多温柔的歌反而不火，他带的几个歌手最近发行的歌也越来越口水。"

　　闻言，杨嘉一若有所思地点头。

　　胡蝶又说："你如果想试试，他的工作室上课时你可以偷学。"

　　杨嘉一点点头："好。"

胡蝶赶他走："好啦，你回去照顾阿姨吧。记得好好学，不要给我丢人。"

"嗯……"杨嘉一突然想起什么，"那你什么时候出院？"

胡蝶想了下："最近这几天。"

杨嘉一乘着下行的电梯，看着屏幕上不断跳跃下降的数字，一个念头慢慢笼罩住他。

回到杨平暮的病房，已经是晚上十点了。

杨平暮恢复得很好，精气神十足，只不过目前还不能吃饭，只能打营养针。

杨嘉一坐在黑暗里，看着沉沉睡去的杨平暮，沉默了半晌。

最后，他拿出手机，下载微博，注册了微博号，在搜索框中输入"茧"字。

窗外刮起风，好像万物在呜咽哭泣。

杨嘉一靠在椅背上，输入最早的时间段，然后从胡蝶注册这个账号后发的第一条微博看起。

翌日，杨平暮可以吃点简单的食物了，杨嘉一来不及去做，只能在楼下的食堂买了粥和素包子。

他排队等待的时候，腿被一个小男孩重重撞了一下。

他弯腰蹲下去，发现是昨天遇到的小男孩。

"哥哥！"小男孩见到熟人，甜甜地叫了一声。

"你怎么在这里？"杨嘉一看了圈周围，没有看见小男孩的妈妈，也就是昨天那位孕妇。

小男孩从口袋里拿出糖果："妈妈在做手术！这个是给你和姐姐的！"

杨嘉一伸手，小巧的糖果落在他的手心。

"那哥哥替姐姐谢谢你。"

"姐姐呢？"

"姐姐……"杨嘉一顿了顿，"姐姐还没睡醒。"

"好！"小男孩说，"那你一定要帮我给姐姐哦！这是我上次从游乐场里玩游戏赢来的，别的地方都没有卖！"

"嗯。"杨嘉一摸摸他的脑袋，和他又聊了一会儿，给他买了一个又香又软的大包子。

包子啃了一半，小男孩的奶奶找来，又是鞠躬又是道谢。

杨嘉一再三确定，才让老人将小男孩领走。

糖果是橙子味的。曾经他并不喜欢这种味道，但是莫名地从这一刻起，对于这种甜甜腻腻的存在并不排斥，甚至想立刻将手里的糖果带给胡蝶。


胡蝶睡到自然醒。

安城这几日的天气阴晴不定，阳光暖暖地洒在被子上的时候，她还有些不适应。

窗外阳光刺眼，杨嘉一察觉到胡蝶转醒，起身把窗帘掩住了一半。

"你……你怎么在这儿？"

"见你不回消息，怕你出事，上来看看。"

"我能出什么事情？"胡蝶撇嘴，带了一点娇憨的起床气，"难不成睡着睡着死了？"

"不许胡说。"杨嘉一原本还带有一些笑意的脸顷刻沉了下去。

"哦。"胡蝶敷衍地开口，穿鞋去卫生间洗漱。

杨嘉一倒颇有几分反客为主的模样，走到床边帮胡蝶叠被子。

胡蝶也不知道是自己和杨嘉一的气场太贴合的缘故，还是化疗反应已经消失，直到小睿过来给她扎针，她都没有吐。

"昨天的小孩给你的。"杨嘉一见胡蝶从卫生间出来，就把口袋里的糖给她。

胡蝶单手接过，翻来翻去地看了看："是普风游乐场专有的糖果哎。"

"想去吗？"杨嘉一问，"如果你最近好好吃饭，我就带你去玩。"

胡蝶剥开糖果，塞进嘴里。

杨嘉一阻止无望："你还没吃饭！现在是空腹！"

胡蝶俏皮一笑："我都吃了，你没办法。"

杨嘉一无奈，认命般地点点头："想吃什么？"

胡蝶想想最近雷打不动的粥类食物，被糖果激发出的胃口瞬间消失一大半，有点蔫："想去医院外面吃。"

"想吃什么？"

"譬如烧烤……啤酒？"

"想都别想。"杨嘉一打开手机，搜索附近的美食城。

"烧烤、啤酒很伤胃。"他抬眼看胡蝶，"我带你去吃别的。"

"不得了了……"胡蝶躺在刚铺好的被子上，"你要翻身农奴把歌唱了。"

"怎么说？"

"我比你大哎，我是姐姐！你怎么能不听姐姐的话？竟然还敢反驳姐姐的意见。"

杨嘉一笑："嗯，姐姐偶尔也会跌倒。"

胡蝶将手边的皮筋扔到他身上："那是被不肖子孙绊倒的！"

"那姐姐要抗议吗？"

"有用？"胡蝶睨他一眼。

杨嘉一摇头："没。"

"那你说什么？"说完，胡蝶翻身闷在被子里，用拳头捶了捶床以示反抗。


胡蝶打完针，整顿好，又是那个高冷御姐作家。

杨嘉一跟在她身后，叫了声："姐姐。"

"干吗？"胡蝶狐疑地回头。

"你忘戴围巾了。"

杨嘉一走上前，将搭在手肘上的围巾拿下，抖开后围在胡蝶脖子上，把她裹得严严实实的。

她和初遇那会儿很像，眼眶深邃，眼眸里像是装着幻想出的多重世界。

但和那时不一样的是，现在胡蝶的眼瞳里还有他的清晰倒影。

第五章・泗海为生

我说过，我会死，我要死了

hudiesha

01

"倒落的火山？"

杨嘉一环视工作室，情不自禁念出录音室正对面装裱起来的字幅。字体不熟悉，不过不是书法字，反而有点像随意写下的钢笔字。

陈子卫站在他后面，拍拍他的肩膀："知道是什么意思吗？"

杨嘉一摇头，侧身接过陈子卫递过来的纸张。

"这是合同，你先看看。"陈子卫动作倒麻利。

说着，他从旁边的纸堆里扒拉出一张卡片，上面是缩小版的字幅，像是一张小卡片，递给杨嘉一："给你留个纪念。

"这是贝多芬说过的话，这五个字指的是他自己。"

——我，一座已倒落的火山，头颅在熔岩中燃烧，拼命巴望挣扎出来。

陈子卫说道："每个人都是一座火山，有人会在沉默中湮灭，有人会在沉默中爆发。而你未来怎么走，则要看你的选择。烧毁自己，才能浴火重生。"

　　杨嘉一不由自主地咬起嘴角的软肉。

　　他在想，他的未来会是什么样。

　　"我听过胡蝶给我发来的你唱歌的语音。实话说，你的嗓子就是上天赏饭吃。"陈子卫指间转着一支笔，"你愿不愿意吃这碗饭，全权交给这张纸，如果你同意，就签下自己的名字。"

　　杨嘉一点点头表示同意，拔出笔帽，在纸张末尾写上了自己的名字，然后对陈子卫说道："我只有一个要求。"

　　陈子卫扬了扬下巴："你说。"

　　"不拖欠工资。"

　　这下陈子卫是真的笑出声："行，要求这么简单？我还以为你要干什么。"

　　见杨嘉一手里一直摩挲着小卡片，陈子卫问道："见过这字吗？"

　　杨嘉一摇头。

　　陈子卫说："这是胡蝶写的。"

　　"她……写的吗？"

　　"对啊，我工作室的名字都是她给我起的。"陈子卫还有些怀念以前。

　　以前他们都在又破又旧但胜在便宜的公寓楼里住着，各种职业的人都有。胡蝶和陈子卫是邻居，一个成日蜗居码字，一个不分白天黑夜创作，有点相依为命的样子。

有天陈子卫出门，因家里电线线路老化自燃，烧掉了大部分乐谱手稿，胡蝶家半面墙也遭了殃。两人不"火"不相识，陈子卫在胡蝶家凑合了几天，也好在胡蝶记忆力不错，能断断续续帮他哼起一些调子。

后来，经过胡蝶和陈子卫共同修改的乐谱被大公司买去，一经投放，莫名火遍了大江南北。陈子卫这个音乐制作人的名字才慢慢走进大众视野。也是那个时候，胡蝶的第一本小说被投资方看中，并拍成电影。而包揽电影音乐部分的，正好是陈子卫。

两人算是互相成就，在文娱音乐领域都有了各自的立足之地。

前几年陈子卫开工作室，他只有和弦的脑子里想不出什么好词好句，便找来了胡蝶。

胡蝶想到了当年的那场火灾，笑着问："'倒落的火山'怎么样？"

"为什么用这个？"陈子卫不解。

胡蝶给他解释这句话的由来。

陈子卫细细品味了一番："人人都想成为贝多芬，人人却都是贝多芬。不跌落到谷底，谁知道未来什么样？"

陈子卫的视线落在那一幅字上，对杨嘉一说道："希望你对待音乐、对待自己的人生，都要慎重再慎重。在音乐世界里，你可以想你不敢想的，做你不敢做的。"

杨嘉一郑重地应声。

一晃数周过去。

杨平暮身体恢复得很快，杨嘉一因为要上学和系统地学习乐理知识，很长一段时间不能照顾杨平暮，于是杨嘉一将上次在医院找的护工请到了家里。

杨嘉一认识胡蝶已经整整一个月了。

最近胡蝶的身体状况还不错，洪主任和专家组开了几次研讨会，针对胡蝶这类癌细胞极速扩散的病例建立了医学小组。

胡蝶版权费到账，她全捐给医院了，方便他们研究。虽说她不指望医院能研究出什么神丹妙药，但钱也不只花在研究上，家境困难的病人能救一个是一个。

化疗后没几天，胡蝶又偷偷逃跑了。

杨嘉一好说歹说把人劝回来，摁着她老老实实在医院住了整整一周，身体机能恢复好才回家。

多数情况下，杨嘉一要给胡蝶做三餐，按时按点，顿顿不能落下。

陈子卫的工作室就在胡蝶家附近，因此他也有了口福，跟着杨嘉一，不愁每天吃什么。

胡蝶早上被杨嘉一从被窝里拽出来，又去楼下小跑了几圈，早餐吃过，困意也消失殆尽。杨嘉一去上课，胡蝶也去书房码字。

快到中午，接到杨嘉一的信息，胡蝶穿戴好下楼，和杨嘉一一起去门口的超市买菜。

陈子卫今日没来，工作室接了一个大单子，国际名导转行拍电视剧，电视剧音源方面的事项正在接洽，如果陈子卫拿下这个合同，杨嘉一也可以一展身手。

　　胡蝶挑挑拣拣，捏了一大把香菜装进塑料袋："那我就帮你祈祷，这次陈子卫一定会接下这个大单子，然后杨嘉一同学一飞冲天，在音乐界一展锋芒！"

　　"姐姐，"杨嘉一突然低头，倾身凑过来，"你这个祝福也太敷衍了吧？"

　　"杨嘉一，"胡蝶用胳膊肘抵他，"安全距离安全距离，你又越界了！"

　　所谓安全距离，是两人半个月之前定下的无厘头规矩。杨嘉一明确地告诉胡蝶自己心里的想法，胡蝶严肃地拒绝。此现象发生了三次，胡蝶最终没办法，只能和杨嘉一保持距离，不许他越界。

　　"唔？"杨嘉一耍赖不认，"超市人太多了，我不是故意的。"

　　胡蝶："……"

　　买完蔬果和馅料等物品，两人回家。

　　杨嘉一学校下午没课，陈子卫那里也不用去，因此现在他可以安心地和胡蝶一起做饭，还教胡蝶怎么和面、炒菜、烙饼。

　　胡蝶从面袋里挖出两碗面粉，倒进不锈钢盆里。她刚要把不锈钢盆端到水龙头下面兑水进去，杨嘉一从她侧面拉住她的手肘，说道："等等，不能这样，得用小碗接水慢慢搅拌。"

　　说完，他取了一个小碗，倒了点矿泉水准备兑入。

胡蝶硬要自己试试，杨嘉一无奈笑着把碗给她，站到她身后。他左手轻捏她的手腕倒水，右手顺着她的指骨往下滑，扣住她的五指，顺时针拨动面粉，很快，两人的指尖都粘了面疙瘩。

胡蝶很快察觉到两人这样的姿势有些暧昧，动了动右小臂："杨嘉一，你去切菜调馅料！"

杨嘉一略微矮下身，凑近她的耳郭叫道："姐姐……"

他仅仅叫了一声，胡蝶就知道他接下来要说什么话，连忙制止，也不顾手上还有稀泥一般的面："不同意，没门，不可能。你现在只可以认真做饭，好好学习，努力攒钱，再提那个要求我就踹你出去了。"

杨嘉一感受着她戳在自己鼻尖的手指，目光很澄澈。

赤诚少年的真心千金难换，任是胡蝶这样久经沙场的人也被看得羞赧。

杨嘉一忽然笑了下，将自己手上残留的面粉点在她的脸颊上，为了对称，在两边各画上了三道，让她看起来像个小花猫。私下见到她可爱的模样，他语气颇有些宠溺："知道了。"

两人的午饭做得异常艰难，杨嘉一妄想教会胡蝶一些生活技能，但最终仍以失败告终。


下午，两人在书房看书。

胡蝶开了个微博小号混迹在超话里，收集各大出版公司的资料进行对比，很多出版公司听说她的《屠戮都市》下册到现在都没有签订公司，纷纷向她抛出了橄榄枝。

为了给自己的"遗作"足够的尊严，胡蝶亲自上阵深入内部打探。

杨嘉一接着做陈子卫给他布置的作业，先是对老旧歌曲进行分析评比，剖析其为何会在当时处于顶峰状态，再将老旧歌曲进行改编，要既不失原曲味道，也能符合当代听众的口味。

正当二人都陷入瓶颈时，一通电话打破了凝固的氛围。

陈子卫在电话那头通知："杨嘉一，你可以准备起来了。之前创作的那首曲子，张导今天无意听到了，很欣赏。"

杨嘉一眉梢带了喜色："真的吗？"

陈子卫夸他："果然你和张导都不是常人，你竟然能和他的脑电波相撞。本来今天这事儿都要黄了，结果张导路过录音室的时候，刚好听见了小郑正在调整你的DEMO（音乐小样），他停下来问了那首曲子，还说改天要见见你。"

"谢谢……"杨嘉一神色中透露出来的喜悦胡蝶看在眼里，对他比了一个大拇指，夸他。

陈子卫最后感慨："说起来，咱们几个都和胡蝶挺有缘分。张导这次要拍的电视剧，就是胡蝶以前写的一本乡土小说改编的。说是乡土倒也不是，就出版那会儿给划分进去了。"

杨嘉一看向继续看书的胡蝶，对那本"乡土小说"他记忆比较深刻，根据小道消息推算，胡蝶写这本小说的时候正是患有抑郁症的年龄段。

《查颜观色》这本小说讲述了二十世纪八十年代出生的女孩陈

查一生的经历——她在重男轻女的家庭中长大，等到记事后，家里终于生出了弟弟，而大灾荒又横亘在一家人面前。她被父母卖掉后又意外走失，收留进孤儿之家后又面临院长重病去世。她在那个年代凭借自己的一双手奋斗，但终其一生，也不过是在与自己、与这个世界和解。

若要问张导为什么会买下这部小说的影视版权，没人知道，或许是因为那个年代刚好也是这些老牌导演奋斗的年代，也或许是因为现实中的每个人都在努力寻找自我，寻找和自我交流的一种方式。

如同胡蝶在书的尾声中写过的一句话一样：

原谅和释怀，是人一生的必修课。

而杨嘉一近期创作的那首曲子，刚好就是看这部小说时生出的灵感。从另一个角度说，也是胡蝶和《查颜观色》成就了他。


02

十一月平淡无奇，一个能过的节日也没有。冬风一吹，接近年关的安城就成了裹上白色绒毯的蛇，入眼是热烈的红，体表却是刺骨的冷。

胡蝶穿上去年冬天买的羽绒服，在镜子前转了半圈。相比之下，这一年她的体重骤降，羽绒服穿在她身上就像是小孩偷穿了大人的衣服。

杨嘉一刚打来电话，他在 A 大上完了课，要去陈子卫工作室和导演见面洽谈，到小区门口等她一起过去。

说来也是巧，工作室里有员工在导演面前提了一嘴胡蝶和他们老板是好友。这下好了，导演非要一行人凑一桌吃个饭好好聊。

自从得了胃癌，胡蝶感觉这日子过得就有些虚幻，摸不透。最近这种情况更甚，她偶尔回忆前几日刚做过的事情却连一丝头绪都想不起来。

到了小区门口，胡蝶远远就看见杨嘉一低着头摆弄手机，这时衣兜里的手机振动，她拿出来看。

杨嘉一：下楼了吗？

胡蝶：抬头。

杨嘉一见到了她的回信，抬头，看清她后招了招手。

"你穿这么点，不冷吗？"杨嘉一见胡蝶走近，看到她的穿搭，皱了皱眉头。

胡蝶摇头，和他一起往公交车站台走："不冷，我里面穿了好多件，只不过衣服变大了，裹不住才显得空荡荡的。"

杨嘉一抿唇："连围巾也没戴。"

胡蝶划着手机看公交车到站信息表，听他说围巾这件事情，也反应过来："算了，反正公交车上有暖气，陈子卫那里也有。"

开往陈子卫工作室的公交车，和先前去医院的那辆公交车行驶方向恰好相反。

城市另一半的风景胡蝶未曾看过，今日也算有幸，借着张导邀约的由头，和杨嘉一优哉游哉坐在前排，随着公交车走走停停，路过一场又一场"电影"。

"胡蝶。"

"嗯？"

"你想去 S 省吗？"

胡蝶望着窗外的风景愣神，杨嘉一提到这个地方的时候，她确实没反应过来。等公交车又到站停下来，她才说："想过。"

"现在呢？"杨嘉一转头看着她因纠结起来攥紧的手指，"现在还想吗？"

胡蝶惨然一笑："就我现在这个随时随地要被救护车拉走的样子，还不如指望下半辈子阎王爷直接把我投生到那里去。到时候我下去了，具体情况再和他商量商量。"

杨嘉一："……"

胡蝶用胳膊肘戳戳他："想开点，去不了就去不了，我的生活中没有那么多万事顺意的小说情节。"

杨嘉一沉默几秒，说道："如果你愿意，上山下海我都带你去。"

胡蝶摇头，以为他少年意气，笑道："好啊，那我等你。"

因为张导的邀约，昨晚杨嘉一又仔细看了一遍《查颜观色》。因为待在学校宿舍，他用手机注册了胡蝶更新小说的官网，在深夜蒙在被窝里看完，还看了网友的留言评论。

胡蝶没有去往实地考察，对于 S 省的乡土人文环境不是很了解，这些部分也就成了被读者重点围攻的地方。或许是因为胡蝶最新作品《屠戮都市》风靡，评论区又赶来许多"考古"的读者，一来二去，骂战升级。

胡蝶有没有看过评论区杨嘉一不知道，只知道《查颜观色》后记的字里行间里透露了胡蝶对于那里的遗憾。

胡蝶不告诉他，他就自己猜。在有限的时间里，将她未能完成的心愿一个个实现。没人救她，他来救；没人爱她，他来爱。

一整个下午，胡蝶和杨嘉一都在包厢里和张导商量电视剧的细节。按理说，对于剧本的商讨是交给制作公司以及电视编导团队的，不过张导是业界出了名的尊重作者，因此胡蝶也没拒绝。

等剧本大框架和背景音乐制作都确认好，已经过了晚上九点。

见胡蝶有点困，杨嘉一一刻也没磨叽，把剩下的事情交给陈子卫，随后带着胡蝶离开。

两人算是饭后消食，顺着外面的宽阔大道溜达。

被冷风一吹，胡蝶缩缩脖子，那点刚弥漫到脑袋里的困意瞬间消失。

胡蝶想起席间张导提了一嘴的DEMO，于是问杨嘉一："我能听听那首歌吗？"

"哪首？"

"就刚才张导夸你的那首。"

"那首呀……"杨嘉一低头，抿着嘴笑，"词还没有润色，要不过几天我修改好给你听完整版？"

"不要，"胡蝶瞪了他一眼，"拜托，听未来的著名音乐制作人的草稿DEMO很酷的好不好。"

胡蝶拖着长长的调子，像在撒娇。

杨嘉一本来也是逗逗她，见她耍起无赖，笑着应道："现在就唱，小祖宗。"

胡蝶清清嗓子，摆正脸色，将嘴角的弧度压下去："你乱叫什么？"

"那……大祖宗？"

胡蝶见阻止不了他"胡言乱语"，加快脚步先走。

杨嘉一赶忙追上前，轻轻握住她的腕骨，两人几乎同一时间放慢了脚步。

月光浪漫，马路上车辆川流不息，霓虹灯闪烁个不停，频率犹如他的心脏在怦怦跳动。

在一个平常到不能再平常的夜晚，杨嘉一握着胡蝶的手，以为两人能走到下辈子。

划过山茶花，膝盖雪藏下，杳无音信的世界你还想吗？

夏走过，蝶飞过，凛冬已经过……

两人的影子相牵相挽，成了这个有风无雪的夜里上天不忍抹去的慈悲。


游乐场已经停止营业。

杨嘉一掏出手机看了一眼，也不知道为什么，他们两人沿着马路直走都能走偏。

胡蝶坐在游乐场门口的花坛边，眼神迷蒙。

现在是十点二十分，距离之前胡蝶停筷吃完饭刚巧过去三个半小时。

隔壁报刊亭正要关门，杨嘉一小跑过去买了一瓶水。

自从杨嘉一知道胡蝶最近容易丢三落四，就腾出一下午时间把药盒里的药分装成一次服用的量，一个一个地塞到她经常穿的衣服里。

果不其然，杨嘉一在她的外侧口袋里摸出了药。

杨嘉一坐到胡蝶身侧，胡蝶晃悠的身体找到了支撑点，顺势靠在了杨嘉一的右胳膊上，脑袋似小鸡啄米一样，一点一点的。

"胡蝶，"杨嘉一低声叫她，就跟哄孩子似的，"我们先把药吃了再睡觉好不好？"

胡蝶迷蒙中兴许是听见了"吃药"二字，猛地摇头，拒绝道："我不吃。"

"听话。"杨嘉一扭开瓶盖，又将药盒抠开，将药倒在自己手掌心。

胡蝶将温热的唇印在杨嘉一手心，被哄着叼走那几片药。

杨嘉一又将水递了上去："慢点喝，别着急。"

吃过药，胡蝶才算彻底消声，安静地靠在杨嘉一的肩窝，轻柔的呼吸很难让人察觉她的存在。

可偏偏杨嘉一能从仅有的皮肤接触中感知到胡蝶存在的痕迹。

她的额抵在他的右侧颈动脉上，连同那一处的脉搏跳动都变得震耳欲聋。

毛石砌的台子越坐越冷，杨嘉一又不想叫醒胡蝶，只能将人缓缓扶正，自己蹲下，将人挪到后背，调整片刻，将胡蝶牢牢地背上。

胡蝶轻到让人完全感觉不到重量。

杨嘉一踩着路面上两个人的影子走着，走到胡蝶家小区附近那条街区时，路上的车辆已经少得可怜，只有道路两旁的路灯陪着他们。

杨嘉一突然想起出院的时候，杨平暮对他说的那一番话。

"胡蝶是个可怜的孩子，妈也算是活了这么多年了，看人的眼光不算差。当年生你弟弟的时候妈妈就遇到过她，现在又遇到了。虽说她现在是大家口口相传的大作家，但她站在那里，那孤苦无依的样子是骗不了人的。咱们和她有缘，妈这笔救命钱也是她出的吧？别让人家姑娘寒心，妈最近也在恢复，你要是方便就多照顾照顾，以后努力赚钱还人家，利息也捎带着。"

是啊，胡蝶光是站在那里，就是孤独的代名词。

纵使她有华名、有数不尽的金钱，但是她的身前身后都没有可以依靠的存在。

生病扛着，被骂扛着，无论做什么她都一个人扛着。

曾经杨嘉一以为自己才是世界上最孤独的那一个人。

动辄打骂他、误杀弟弟的父亲，成了他从小到大被攻击、被笑话的起源。

小学的时候，他想着熬到初中就好；初中时，他想着熬到高中就好；高中时，他想着熬到大学就好……

他熬过来了，他没有要好的朋友，没有可以一起肆意挥洒青春的"狐朋狗友"，他只能沉浸在音乐里，和音乐分享自己的喜怒哀乐。

和胡蝶一样，他们同是孤独人。

可他只是皮相孤独，胡蝶却是内心荒芜。

没有人救过她，或许有人踏入过那片土地，但仅仅送了一株玫瑰。

胡蝶要的是什么？

甘霖、自由、永不背弃。

他不知道自己能不能走进胡蝶的内心，但他愿意一试，带着雨，带着她的愿望，带着他的真心。

尽管这注定是一场有期限的爱，但他不怯。

他与胡蝶的灵魂惺惺相惜。

电梯上行，胡蝶搂住杨嘉一的脖子，在他宽厚的背上寻了一块更稳妥的地方，咂咂嘴又睡了过去。

杨嘉一无奈地摇头，走出电梯，来到门口，稍微弯下身子，输入密码。

杨嘉一将胡蝶放在床上，盖好被子，退出房间。

客厅只点亮了一盏装饰灯。

杨嘉一也没嫌弃，取出手机，认真思考，在备忘录中缓慢郑重地输入：

待执行——

1. 去 S 省。

2. 爬山。

3. 潜水。

4. 游乐场。

……

杨嘉一抬起眼，看着窗外的灯火阑珊，恍若在某一瞬间突然人声鼎沸，他和胡蝶登上了万丈高山，潜入了深海鱼群。

他又想到两人先前在公交车上的对话，突然感慨道："我可要真的带你上山下海了。"

·

03

凌晨五点，世界寂静。

汗珠接二连三地从胡蝶额头上沁出，胃也在叫嚣，硬生生把在梦境中的她撕扯成碎片。

胡蝶猛地睁眼，大口喘息着。

昨天和导演交谈透支了她原本就虚弱的身体，她自己摸了摸额头，发现有些低烧，于是俯身在床下找到拖鞋穿上后，慢悠悠地往客厅走。

客厅没开灯，只有窗外朦胧的月光照射进来，在地面铺上银装。

胡蝶去翻药箱，隐约见到沙发上有一团黑影。

她定住脚步，在黑夜里努力分辨。良久，她只听见了稳定且绵长的呼吸声。

是杨嘉一。

胡蝶默默摁开壁灯，杨嘉一蜷缩的身体映入眼帘。

他身上没有盖被子，只是简单地将先前穿在身上的羽绒服脱下草草覆住上半身。他睡得很匆忙，想必是困极了。

胡蝶站在一旁看着他的睡颜。

杨嘉一的容貌算是能在娱乐圈闯出一片天的类型，很有个人特色。先前在酒吧遇见的时候，胡蝶只觉得他的面相很温顺，可是不知道从什么时候开始，他的骨相开始第二次生长，那一丝温顺下，还带着淡淡的攻击性。

此时他睡得正熟，胡蝶在光影明灭中静静看着他。

两人一醒一睡，一站一卧。

半晌，胡蝶轻叹了一口气，提步离开，倒水吃药。

等再次路过客厅的时候，胡蝶去关灯，才发现杨嘉一已经醒来。

胡蝶站在拐角，倚着墙，问道："我吵醒你了吗？"

杨嘉一刚刚梦见自己一脚踩空，下坠了半天也没有落到地面上，放在沙发外的脚一抽，整个人突然惊醒，出了一身冷汗。他睁开眼看见暖黄色的壁灯亮着，心里正纳闷，就看见从厨房出来往这边走的胡蝶。

杨嘉一站起身，缓了缓，摇头回答："没有，做梦醒了。"

胡蝶一笑："那我们还挺有默契。"

杨嘉一看到她手里的药盒，走过去，拿起来看说明："身体不舒服？退烧药？发烧了吗？"

他一边说，一边下意识地将手覆在胡蝶的额头上感受温度：

"低烧。"

"这都是正常现象。"胡蝶将药盒从杨嘉一手上拿走，放回药箱，"吃了药再睡会儿，焐一身汗就没事了。"

杨嘉一皱眉："你身体……这个退烧药可以吃吗？"

胡蝶沉吟："应该能吃吧？这两种药也不冲突。"

杨嘉一看了一眼时间，凌晨五点，然后拿起手机，拨出通讯录里的一个电话，没几秒就接通了。

杨嘉一走到阳台和洪主任沟通。

洪主任今日值夜班，现在这个点还没有下班。

胡蝶抿抿嘴，又去倒了一杯水，咕噜咕噜喝完回到房间倒头就睡。

杨嘉一记住几种药物名称后挂断了电话，转头看过来的时候，胡蝶已经不在原地。

反正也快天亮了，杨嘉一简单收拾好客厅及厨房，立在落地窗前，静默着等待日出。


胡蝶再次醒来的时候，杨嘉一经将早点买回来了。

他人不在，写了便利贴放在早点旁。

如果早点已经凉了，记得加热，不用微波炉。厨房有小奶锅，豆浆可以慢慢煮沸。蒸笼屉我放好了，包子可以直接放进去蒸。记住！不能吃微波炉热过的食物。

胡蝶按照他的说法，自己慢慢鼓捣了一次早饭。

其实也不算早饭了，因为她起来得确实有些迟。

吃完饭，胡蝶便窝在书房码字。

后面一连几天杨嘉一都没出现。

胡蝶一开始没当回事，以为年底了他们要考试肯定很忙，就没有在意。但是，每天按时出现在客厅的午饭和晚饭，以及神出鬼没的杨嘉一，彻底将胡蝶的好奇心勾起来。

她发微信给陈子卫，陈子卫顾左右而言他。

刚巧赶上胡蝶再次化疗，胡蝶去医院办完各种手续之后，直接杀到陈子卫的工作室。

工作室老板不在，前台小姑娘见胡蝶进来，和她打招呼。

胡蝶环视四周，问道："你最近有没有见过杨嘉一？"

小姑娘很诚实地说："见过几面，以往他都是一直待在这边准备曲子的，这几天有点不对劲，就来了三四次工作室，每次匆匆忙忙的，人都瘦了一大圈，感觉像是被人吸了血，你要是看见就知道了。"

胡蝶慢慢消化她说的话。

什么叫人瘦了一大圈？像是被人吸了血？

小姑娘以为胡蝶来找陈子卫，就给她找了一个空着的录音室，让她在那里等人。

手机不小心滑落在地上，胡蝶伸手去捞，看见自己可以用"嶙峋"二字形容的腕骨。

一个荒唐的想法突然在她脑海中急不可耐地钻出来。

两个月前，她患病初期，也是健康状况陡转直下，每天醒来都会看到自己那张脸越来越惨淡。

杨嘉一……

杨平暮……

虽说癌症遗传概率不大，但是直系亲属中有癌症患者的人群患癌的概率比无遗传史的还是高很多。

这种千万分之一的概率……

不可能，不可能的。

胡蝶深呼吸，将手机捡起，重新放在桌面上。

不知道哪间录音室的门没关，走廊里传来一阵空灵的音乐。

胡蝶伸手摸摸自己的头发，没有以前顺滑，也没有曾经浓密。她的心底突然升起一股烦躁。她努力压制着自己的情绪，用另一只手摁住刚才摸过头发的手，使劲用牙齿咬住了自己的下嘴唇。

她很清楚自己又陷在了那种奇怪的情绪里，浸泡在淤泥里，四肢被捆绑，连同灵魂都被束缚住。


杨嘉一在学校交接好事情，刚到工作室就听见前台说胡蝶来找陈子卫。

"胡蝶来了？"他走过去，敲敲前台的桌子。

两个正在"吃瓜"的姑娘被吓得一哆嗦，先前接待胡蝶的那个姑娘指着右侧走廊说道："对呀，在走廊尽头那个录音室等着呢。"

杨嘉一点头应声："谢了。"

路过某间录音室的时候，杨嘉一敲门，和里面的人打了声招呼，又帮其关好门。

走到走廊尽头，杨嘉一看见胡蝶趴在桌上。

他松了一口气，也不知道为什么，他双手交握紧紧捏了下，随后松开又轻轻拍拍裤子口袋。

胡蝶迷糊间，感知到有人推开了门。

她呜咽了一声，努力撑起身子。

杨嘉一察觉到胡蝶的状态不对劲，上前握住她的胳膊，给她一个支点，半跪在地上，抬头看她。

"胡蝶，"他将胡蝶垂落的头发捋到她耳后，"你怎么了？"

胡蝶听到人声，头脑才清醒几分，垂头看过去。杨嘉一果真瘦了好多，黑眼圈也特别刺眼地坠在眼下。

她声音低得像小猫叫："杨嘉一？"

"是我。"杨嘉一握住她的手，"我在。"

胡蝶略微使劲，挣开了他的手，捧着他的脸仔细端详。

"你瘦了……"她喃喃道。

杨嘉一安慰她，腔调里带着笑："熬了几天夜，是瘦了点，但你也不至于这么吃惊吧？"

胡蝶听到他说话，氤氲在眼底的泪水瞬间浮出。

"对不起，对不起，对不起……"她一个劲地道歉，捧着杨嘉一脸的手顿时撤离，悬在空中半天无处安放，然后抓着自己的头发不松手。

杨嘉一看过她的微博，知道她对自己这头顺滑的头发有多么爱护，连忙制止。

　　胡蝶现在沉浸在自己的世界里，杨嘉一开口问其缘由只能干扰她的思维，甚至会让状况更严重。

　　杨嘉一只好攥住她的手，将她扣在怀里，慢慢拍着她的背，顺着气息，哄她："没事了，没事了……"

　　"我就是个扫把星，大家都没说错，我就是，和我待在一起的人都没有好下场……"胡蝶抵在他的肩膀上，眼泪径直往下坠，钻进他的衣服里。

　　"谁说的？"杨嘉一慢慢摸她的脑袋，"不是还有个我？皇后的恶毒魔法已经失效了。"

　　像是意识到了什么，杨嘉一试探性地问道："胡蝶，你是觉得我生病了对吗？"

　　胡蝶从他怀里抬起头："杨嘉一，我们去做检查好不好？早发现早治疗。"

　　杨嘉一看着泪眼蒙眬的胡蝶，伸手将她的眼泪擦掉，让她放心："我好着呢，你别怕。"

　　胡蝶死死握住他的胳膊，重复着："杨嘉一，我们去做检查吧？"

　　杨嘉一捏了一下她的脸，妥协地服软："好，我去做。"

　　胡蝶一直握着他的胳膊，就连出门下楼梯都要紧紧拽住他，生怕他不小心摔倒。

胡蝶本就办理好了住院手续，现在又帮杨嘉一去预约，第一项就是让他去检查胃。

杨嘉一无奈地照办，X光、CT等都照了一遍，健康得不得了。

直到陪着杨嘉一检查完最后一项，胡蝶才松了一口气，脚步发软，直接瘫坐在地上。

杨嘉一穿好衣服走出诊疗室，直接将人从地上半搂半抱拎起来："地上凉。"

胡蝶愣怔着说："你没事就好，没事就好。"

杨嘉一轻轻将人搂进怀里，侧头亲亲她的鬓角："累吗？"

胡蝶已经没有多余的力气了，在杨嘉一怀里一句气音都发不出来。

杨嘉一在诊疗室的时候，给洪主任打了一通电话。洪主任对于胡蝶先前的抑郁倾向有些了解，不过他只能建议杨嘉一先顺着她，稳住她的情绪，后续再做系统的治疗。

杨嘉一对胡蝶写书之后的生活有些了解，可是她经历过的远远不止这几年。今天的事情只是被划开了一道口子，虽说不见内里，但是它已经变得十分脆弱，一只手或是一阵风，就可以将这道口子划得更大。

杨嘉一抱着胡蝶回病房。

还是先前的楼层和病房，他将胡蝶抱到床边坐下，转身的时候，胡蝶突然捉住他的手腕。

"刚才我是不是……"胡蝶犹豫着，有些难以启齿，"犯病了？"

　　杨嘉一顿住脚步，重新看向胡蝶，她的脑袋垂着，像是在检讨认错，任谁看了都觉得她不像是一个比他大的"姐姐"。

　　杨嘉一说："没有。"

　　胡蝶抿了抿嘴："你骗人。"

　　杨嘉一揉揉她的脑袋，而后又半跪在她的面前，将她的手牢牢抓住，握在自己的大掌里给她取暖。

　　"我不会骗人。"杨嘉一很诚恳地说，"姐姐，我很高兴，你能够在意我。"

　　胡蝶还想说什么，被杨嘉一拦住了："突然想叫你姐姐，而且怎么还感觉现在的状况有点煽情？"

　　胡蝶动了动手指，但是并没有抽出去。

　　"或许你认为我是小孩子，是一个青春期精力旺盛到无处挥洒的毛头小子，"杨嘉一略微停顿了下，弯了弯嘴角，"我也认。

　　"但是，我用我的人格、未来以及生命担保，我想要照顾你。

　　"我不敢提及'喜欢'和'爱'这两个词，我怕我配不上你。你有那么多忠实读者，个个都爱了你很多年，每一个可能都比我遇见你要早。

　　"有时候我还挺遗憾，为什么老天爷把我们安排在这个时间相遇。我曾经以为妈妈、学业、工作可能就是我余下人生的全部，直到我遇见了你，一个虽然比我大很多，但是内心依旧童稚的胡蝶，一只曾翱翔在蔚蓝天空，绵绵云下的蝴蝶。"

杨嘉一感觉到自己的手心在不停出汗，甚至沾染到了胡蝶手背上。

　　他的腿也有些发抖。

　　第一次告白，竟是在这样的气氛下。

　　胡蝶静默了很久，轻轻叫他："杨嘉一。"

　　"我在。"

　　"我说过，我会死，我要死了。"

　　可能是因为今天一天都是精神紧绷的状态，两人的对话或多或少都有些沉重。

　　杨嘉一郑重道："我不怕。我很想很想让你快乐、开心、无忧无虑。"

　　胡蝶缓缓摇头，仍拒绝："你还小，你以后会是什么样，谁也不知道。你或许会成为一名音乐制作人，就和陈子卫一样，会写很多很多家喻户晓的歌；或许会成为一名计算机大拿，没事干就制作游戏，实在不行还可以修修电脑。你正是大有作为的年纪，不要辜负自己。"

　　杨嘉一从口袋里拿出今天刚刚到货的戒指，慢慢放在胡蝶的手心上。

　　"我这几天一直在接陈子卫给我派的私单，我多做了几首曲子，攒了点钱买下了这个。"杨嘉一没有帮胡蝶戴上，只是戳戳躺在胡蝶手掌的戒指，"这枚戒指叫'蝴蝶之约'，我觉得很适合你，就买了。"

胡蝶敛目，心脏某一角开始悄悄龟裂。

"我知道你有意封闭自己的心。封如白和你在一起过，但你后来才知道他是为了你的名，从那个时候起你就关押住自己的心，让自己沉溺。

"可我想成为你的船，载你渡海。

"我不想让你孤独地离开。"

胡蝶捏起戒指，轻声问杨嘉一："你后悔吗？"

"不后悔。"

"我还没问你后悔什么。"

"我知道你会问什么，我对你的回答只有一个。"杨嘉一捏住她的另一只手搓了搓，"从我遇见你之后的每一分、每一秒，我都不后悔。"

杨嘉一低下头，莫名有些哽咽："你是上天，送给我的……迟到的礼物。"

第六章·祈愿有时

一切有为法，如梦幻泡影，
如露亦如电，应作如是观。

01

　　"睡吧。"杨嘉一垂下脑袋，毫无底气地笑了一声，轻轻拍了拍胡蝶的手背，"我陪你。"

　　他说完了所有的心底话，至于结果是什么样子，他也不再去想了。

　　胡蝶任由杨嘉一把床铺好，折回门口关掉病房的灯，独留床头那一盏上次他捎来的迷你夜灯开着。这盏灯在朦胧黑夜里散发着微不足道的光亮。

　　杨嘉一坐在床边的小软凳上，轻缓地给胡蝶的手擦药。兴许是下午胡蝶自我挣扎得太厉害，手掌外侧被划伤，挺长一道口子，杨嘉一抱她回来之后就发现了。

　　胡蝶轻轻抽了一下自己的手，杨嘉一看过去，话语中略有一丝抚慰的意思："马上就好，我再给你吹吹。"

话落，他还真的边慢慢吹着边给她上药。

胡蝶合上眼，手上冰凉的感觉时刻提醒着杨嘉一的存在。

"杨嘉一。"

"我在。"

也不知道为什么，杨嘉一每次说"我在"，胡蝶都会有种很安心的感觉。或许在这一刻，她才有活着的真实感。

她叫他便应，他从不让她的话落空。

胡蝶又沉默了很久，想着应该怎么开口。她想放纵自己地活，活过最后这几个月。

杨嘉一给她涂好药，又轻轻捏着她的手腕，防止她收回手将药水蹭在被子上。

他说："如果你不想说，可以……先睡觉。"

胡蝶动动手指，没有抽回手，反而在杨嘉一的手掌心轻轻挠了挠。

"我想去 S 省了。"她的眼睛亮晶晶的，被窗外鳞次栉比的大厦霓虹灯光晃着，就像两汪清潭。

杨嘉一脑袋宕机了一瞬，有些蒙："S……S 省？"

"对呀！"胡蝶拽了拽他的手指，"这事儿不是你先提出来的？"

杨嘉一的心怦怦作响："我……我也可以一起去吗？"

胡蝶没忍住笑出声："你不和我一起，还想让谁和我一起？"

"不不……我不是那个意思……"杨嘉一手足无措，站也不是，坐也不是。

胡蝶依旧拽着他的手指，他不能跑到楼道里冷静。

他不是小孩子了，胡蝶这一句话代表着什么他再清楚不过。

"我自己一个人去也行，唯一不好的就是我死在路上也没人收尸。"

"不许乱说，"杨嘉一猛地起身，用指尖摁上她的嘴唇，"将近年关，不能瞎说话。"

胡蝶嘴角噙着笑，快要憋不住了："这么迷信哪？"

杨嘉一横过来一眼，她倒也闭口不言。

"明天还要抽血？"杨嘉一看见她胳膊肘内侧的针后贴，下意识地问了问。

胡蝶"嗯"了声："后天才会进药化疗。"

"那明天你想吃什么？"杨嘉一扯开话题。

胡蝶认真地琢磨："那就……黑米粥和小烧饼。"

"好。"

"你有计划吗？"胡蝶开口，"去S省的计划。"

杨嘉一颔首："有。"

"那你给我讲讲？"胡蝶提起兴趣，"我对S省的所有印象都是来自网络媒体和纸质书籍。"

"不早了，你先睡觉，不然明天扎针会晕倒。"杨嘉一把胡蝶的手放进被窝里，又给她掖被角，"明天我给你慢慢讲S省的游览胜地。"

"我不会晕的，我就是打不死的小强！"胡蝶眨巴眨巴眼睛，浑身上下散发着娇憨可爱，"你就讲讲呗！"

杨嘉一有点抵抗不住，只能和她商量："那我小声讲，你躺着听，努力睡。"

胡蝶憋着笑，努力按他的要求做："我会努力睡的，争取早点和周公会晤。"

杨嘉一拿出手机，翻到昨天才修改完成的备忘录，缓声给她讲定下的路线和计划。

"上山下海，我们都可以去试试。"

"爬山？"

"对，S省有一座怀会山，登顶就能一览大好河山，和你那部武侠小说里的主角最后的对决之地很像。"

"那下海呢？"胡蝶好奇。

杨嘉一划着手机屏幕，看着满满五页的注意事项，回道："潜水。"

"我记得四年前，你在当时连载的小说评论区里提过很想去潜水。"杨嘉一抿抿嘴，"我问过洪主任，你的身体状况不能出国，万一需要治疗，国外的诊疗环境你可能不适应，所以，我在S省的郗市找了一个潜水项目。"

"哇！那也很好。"胡蝶倒没有那么失落，她原以为自己现在的身体状况不能去做这些事情。

"对不起。"

胡蝶侧过身体，看着杨嘉一，问道："你有什么对不起的？"

"没能带你看最漂亮的珊瑚群。"

胡蝶将手伸出去搭在床沿上，轻轻晃了两下，喊道："杨嘉一。"

杨嘉一："嗯。"

"手。"

闻言，杨嘉一将自己的手伸过去，落在胡蝶的手掌上。

胡蝶慢慢捏住他的手指，进而滑到他的手掌心，握住。

胡蝶说："谢谢你。"

杨嘉一抬眼看她。

胡蝶低垂眉眼，有点想哭，眼角已经湿润，倒没让杨嘉一看见："谢谢你，愿意陪我走完最后的日子。"

话音落下没多久，胡蝶就迷迷糊糊睡着了。梦里，她置身花海，遇见一群蝴蝶，它们在她身边环绕飞舞，还有几只停留在她的指尖，恍若与她低语。


第二天一大早，杨嘉一就去洪主任办公室和他商讨一些病患的注意事项。胡蝶和杨平暮的状况不同，杨平暮的癌细胞在确诊后几乎没怎么扩散，而胡蝶的癌细胞已经在她的体内更新换代、吞并正常运作的细胞，扩散速度更甚。

说句不好听的，现在每次化疗都是在尽力拖延她在人世间停留的日子。

化疗用的都是进口特效药，比起国内常用的药多了一些抑制作用，但也仅仅是抑制，不能缓解，用药后的反应也更剧烈。

杨嘉一绕回病房的路上遇到小睿，两人一起回病房。

胡蝶还在睡觉，小睿准备给她抽血。

两个人这个时候倒还是有些默契，没有叫醒胡蝶。

杨嘉一坐在沙发上，静静等胡蝶睡到自然醒。

小睿放下托盘，手插进口袋里，说话倒是开门见山："你们……谈了？"

杨嘉一"嗯"了声，声音压得很低："算是吧。"

"谈了就谈了，怎么叫还算是吧？"小睿纳闷。

杨嘉一自己猜想："可能她怕给我留下什么希冀，得到再失去还不如从来不曾拥有，所以她不愿意给我期待。"

"你不觉得委屈吗？这段关系不清不楚的。"小睿看着胡蝶安静乖巧的睡颜，很难想象先前洪主任口中"孤寂一辈子"的胡蝶能有一个人死心塌地地陪在她的身边。

能有这样一个人陪着，便不再孤单。

杨嘉一低嘲："怎么会委屈？她的委屈比我多。我只是……有些遗憾。"

小睿看向他："遗憾什么？"

杨嘉一不说话，摇摇头。

遗憾说出口，也改变不了既定的事实。

等到胡蝶醒来，杨嘉一先陪她洗漱，等到她体力基本恢复才让小睿抽血。

本来杨嘉一打算让胡蝶先在医院待一会儿，自己做完饭再赶过来，但胡蝶不愿意，非要嚷着有东西忘记带，要和他一起。

杨嘉一对她的要求从来无法开口拒绝，将她裹得严严实实，才和她一起坐公交车回家。

这个时间已经过了早高峰，城市在公交车的摇摇晃晃间和层层树荫遮蔽下，生出了另一种静谧的氛围。

安城算是一座古城，市民淳朴热情，街道上小贩的早点摊冒着热气，涌到空中又瞬间消失。

胡蝶提议："还有三站路，我们下去走走吧？"

杨嘉一算了算路程，也不算长，胡蝶的身体可以承受，转而才点头。

两人在临近的站台下车。

"怎么突然想走路了？"

"突然发现没有和你好好走过一段路。"

"现在也不晚。"说着，杨嘉一牵起胡蝶戴着绒毛手套的手。

胡蝶也跟着回道："是啊，不晚。"

走了一条街，胡蝶对早点铺起了兴趣，对杨嘉一道："我去买两个包子！"

"慢点。"杨嘉一在她身后跟着。

胡蝶挑好包子，杨嘉一先掏出手机扫码付款。

"哎，就两个包子，你怎么先付了？"

杨嘉一揉揉她的头："两个包子的钱我还是能付的。"

胡蝶撇撇嘴："我不是这个意思！"

杨嘉一笑着回她："我知道。"

胡蝶恶狠狠地啃了一口包子，不说话。

杨嘉一跟着她走，走到十字路口时，被裹得毛茸茸的胡蝶停下脚步。

"小祖宗，"杨嘉一软声告饶，"还是我来带路吧。"

胡蝶啃完包子，杨嘉一又拿出纸巾仔仔细细地给她擦掉嘴角的油渍。

胡蝶哼哼唧唧："你还真是哆啦A梦。"

"心甘情愿为小胡同志服务。"杨嘉一低头碰碰她的额头。

胡蝶娇娇地哼笑一声："走吧，哪边？"

杨嘉一搂着她肩膀，将她转了个方向："我们先往回走一段。"

胡蝶惊愕："我走错了？"

杨嘉一摇头，笑道："没有，只是那边有条近道，而且那条巷子还有很多营业了很多年的小店铺，感兴趣的话，我们逛逛再回去。"

胡蝶纳闷道："你对我怎么这么了解？我确实很喜欢去那些小巷子溜达。"

杨嘉一轻轻弹了一下她的脑瓜，佯装生气："你的小说我都看过，包括评论区你发过的牢骚。"

他不止看过，甚至将胡蝶常常念叨的愿望一个一个记下来。

愿望许下，终究是会实现的。

很庆幸，他看见了她的愿望。

在一段令人记忆深刻的感情里，心动是罪，是让人赔上一生的刑罚。不过这枷锁戴上，倒让他尝到了心动的滋味。

胡蝶蹦蹦跳跳，抓着杨嘉一的手往小巷的方向走。

杨嘉一看着她，脑海中突然闪过小睿问过他的一句话。

"你们才认识一个多月，你就认定自己喜欢胡蝶？别是小孩意气吧？"

杨嘉一当时沉默了很久，他很难在那一刻组织合适的语言回复小睿。

他想了很多，这个世界上，一见钟情的人那么多，相忘于江湖的更甚；闪婚的有很多，恋爱长跑十几年最后无疾而终的也不在少数。用时间来判别一个人的真心，本身就是错误的。

他没办法用贫瘠的语言去形容自己的心，他的所作所为，皆源于心。

他想让胡蝶孤独近三十年的心发芽。

他来浇水灌溉、育苗，用自己漫长的余生等下一个季节。

或许这也叫等下辈子。

他们相遇在无法挽回的时光洪流里，这个故事，仅有她和他。

杨嘉一笑了笑，握紧胡蝶的手，惹得胡蝶转头看过来，有些诧异地叫他："杨嘉一？"

一阵风迎面吹来，但它似乎是暖的。

杨嘉一看向胡蝶的眸子中，除了有零星的笑意，还有盛不住的喜欢。

他照旧缓声应道："我在。"

小巷寂静无声。

这条巷子是安城的古玩巷，有一定的年岁了。巷子幽长，似蛇盘在现代化城市高楼里，隐身匿迹。

巷口有桃花树，不过现在不是春季，枝干光秃秃的，直愣愣地扎根在那里。

胡蝶走过去，煞有介事地拜了拜。

"拜桃花树？"杨嘉一疑惑道。

胡蝶"嗯"了一声："谢谢桃花神，送我一个……"

她突然顿住，转头，将杨嘉一从上到下打量了一遍，严肃道："送我一朵桃花，还是一朵帅气的桃花。"

杨嘉一扯起嘴角笑了起来，点头附和："谢谢夸奖。"

巷子的路面是用石砖砌成的，环卫工人拿着洒水壶，淅淅沥沥的水浇向地面。

此刻时间还早，文玩店开门营业的很少。

往巷子深处走才看见了一家营业的店，老板正在门口用抹布擦着玻璃。

两人走了过去。

老板噙着笑意，先是看了一眼杨嘉一，招呼道："来啦。"

杨嘉一一本正经地回道："嗯，老板您今日开门挺早。"

老板了然："是挺早，哈哈哈。"

胡蝶进门，扭头问杨嘉一："怎么，你们认识？"

杨嘉一微微点头："嗯，之前我经过几次这里，打过招呼。"

胡蝶挑起左侧的眉毛，毫不犹豫地指出："撒谎。"

杨嘉一也没辙，只能道："你先看看有没有喜欢的。"

胡蝶环视一圈，还真看见了几个市面上已经不再生产的手办。害怕是老板自己的私藏不对外售卖，胡蝶还转到门口去问。

"看上了就拿。"老板大方地甩甩手。

胡蝶说："我怎么觉得这么诡异呢？"

杨嘉一："为什么这么说？"

"这几个手办在网上都没有人售卖，老板竟然这么大方？看上了就拿？这么豪横？！"

杨嘉一歪头："放心拿。"

胡蝶狐疑地将几个手办放进购物篮。

最后结账的时候，她发现它们的价格竟然等同于当初刚上市的原价。

胡蝶站在门口和老板大眼瞪小眼。

最后要走的时候，老板突然对杨嘉一道："小杨，能帮我搬个箱子吗？运输的车子进不来。"

杨嘉一望向胡蝶。

胡蝶点头："去吧，我在这里等你。"

杨嘉一转身往巷口走去，而后，胡蝶看向老板，他这么明晃晃地将杨嘉一支走一定有话要说。

　　果不其然，老板淡然一笑，轻轻抚过门前的水仙花枝叶，问道："小伙子是你什么人？"

　　胡蝶很难正视这个问题，她并不配作为这段感情的主导者。

　　老板也没有废话，直言："小杨很喜欢你，你刚买的手办其实并不是我店里的。据我所知，这些都是小杨到处搜集到的，放在我的店里，说过几天再领人过来逛。没想到今天你就来了。

　　"这些东西很贵，他的真心也很珍贵。他不愿意当面送给你也有他的原因。我把他支走告诉你这来龙去脉，是不想你辜负这份真心。

　　"总要有人帮他告诉你，他的真心。"

　　老板说完，接着去擦玻璃。雾气被刮掉，店内的陈设清晰地出现在胡蝶面前。

　　杨嘉一和工人将几个箱子搬进来，老板同他们道谢。

　　胡蝶挽着杨嘉一的胳膊，脆生生道："回家吧！"

　　"好，回家。"


　　新一轮化疗中，胡蝶的状态比先前好很多。

　　用药过后，杨嘉一就在旁边给她慢慢讲故事——都是从网上搜罗到的一些奇闻轶事。

　　胡蝶整整一天没有吃东西，不过有杨嘉一陪着，也不是很无聊。

下午，久违地见到了下沉的太阳。

胡蝶催促："你去吃饭。"

杨嘉一回道："我还不饿。"

"不饿也要吃，你今天一整天都没有吃东西。"

"我……"

"快去。你不吃，等会儿哪来力气抱我？"

杨嘉一被胡蝶半哄半劝下楼吃饭，他下楼时，还叫了小睿上来帮忙看着点胡蝶。

前脚杨嘉一刚坐上电梯下楼，后脚胡蝶就冲进卫生间吐了个死去活来。

小睿在一旁帮她顺气："你还真能忍。"

胡蝶也不知道自己是怎么想的，只是觉得不应该在杨嘉一的面前出糗，仅仅是呕吐也不行。

胡蝶坐在地上缓了缓，随后又起身走到洗漱台边接了一捧水，洗脸、漱口。

将自己收拾好，她才走出卫生间。

很累。

疲倦、呼吸不通畅、胃痛，交替出现折磨着她。


杨嘉一只是简单吃了一些东西就回病房了。他开门进来，看见胡蝶在沙发上靠着。

"怎么下床了？不舒服吗？"杨嘉一将视线投向小睿。

小睿耸耸肩，回道："你问她。"

说完，小睿收拾东西，下班。

杨嘉一看着胡蝶皱眉的样子，心里也揪痛。

不仅是化疗的痛苦，昨日，胡蝶紊乱了几个月的例假竟然来了。

杨嘉一从柜子里翻出一个热水袋，灌满热水后放在她的肚子上。

他侧身坐着，将胡蝶半搂在胸前，又将她的手指放在自己手心里，轻缓地摁着："这是我在老中医那里学到的，说是能缓解经期疼痛。"

"迷信。"

这回该胡蝶吐槽杨嘉一了。

杨嘉一蹙眉，一脸自我怀疑："没有缓解吗？"

胡蝶不忍打击他，只能应道："有……点吧。"

杨嘉一抿了抿嘴："一定是我学艺不精，摁错穴位了。"

胡蝶在他怀里摇摇头，犹豫了很久才将自己的想法说出口："等下一次住院，我去普通病房吧。"

杨嘉一："怎么突然想去普通病房了？"

胡蝶把手掌翻过来，和覆在她手上的杨嘉一的手拍了拍："就是……突然想要点人气。"

杨嘉一答应。

胡蝶慢慢道："其实，认识你之后，我总是想多活一天，可现在我多活一分一秒都是奢望。你的生命力是我从来都不曾拥有的。你有目标，有想要做的事，有想要保护的人。而我，好像连活着都是奢侈。从我写书后，接近我的、对我好的，没有一个是真心的，好像他们更爱的都是那些不会说话的文字……"

胡蝶窝在杨嘉一的怀中渐渐睡了过去。

展翅欲飞的蝴蝶，脱身于重重丝线束缚的茧，却又作茧自缚。

"这是医院给胡蝶开的药，你回去按照分量给她包好，里面有塑料管，去玩的时候也别忘了让她吃药。"杨平暮将桌上的药盒收拾好，又帮着杨嘉一将最后几件衣服塞进行李箱。

"知道了，妈。"

杨平暮替儿子把额前的头发捋顺："玩得开心，照顾好胡蝶。"

"嗯，你在家也是。"杨嘉一拎了拎行李箱。

"你放心，我最近还和你陈阿姨约着一起去领跳广场舞呢，有工资，妈也和你一起攒钱，还给胡蝶。"杨平暮拍拍杨嘉一的肩膀，"胡蝶……是个好姑娘，好好对人家，让人家姑娘天天开心。"

杨嘉一有些吃惊地看向杨平暮："妈……"

"不多说了，妈都知道。"杨平暮帮他开门，"路上注意安全。"

一切尽在不言中。

杨平暮也是活了大半辈子的人了，又是自己的儿子，怎么会看不出来呢？

或许冥冥之中，她与杨嘉一和胡蝶就是有相遇相逢的缘分的。

送走杨嘉一后，杨平暮走到角落。那里放了一张小桌子，上面摆放着一张小小的照片。

一切有为法，如梦幻泡影，如露亦如电，应作如是观。


先前杨嘉一同胡蝶讲的各类计划，让她心动得不得了，药也好好吃，针也好好打，检查也按时按点做。

最后出院时，洪主任还调侃胡蝶："这次是不是你生病以来最快乐的一次体验？"

胡蝶笑着说："是。"

杨嘉一和胡蝶在家里休整了两天，胡蝶断断续续收拾好自己的东西。

临走前一天，杨嘉一回了一趟家拿了一些东西。回来之后，他将医院给胡蝶开的药按照每次服用的量装进了一根根塑料小管里，最后还用她的直板夹封口。

胡蝶对着杨嘉一的胳膊来了两拳。

"怎么了？"杨嘉一扭头问。

胡蝶扇了扇屋子里若有似无的焦味："要着火了，开下窗户吧？"

杨嘉一低头看看旁边码放整齐的塑料小管，听话地起身，将窗户开了半扇。

他转过来的时候，就看见胡蝶坐在他刚才的位置上，正用直板夹夹着一根塑料小管。

胡蝶笑眯眯地看着他："上当了吧？"

杨嘉一无奈地笑了笑，坐在胡蝶旁边，将药慢慢装进小管，胡蝶再用直板夹封口。

晚上，安城下了一场雪。

胡蝶本来还在担心第二天会不会因为天气关系飞机停飞，没想到第二天刚醒，就看见了久违的太阳。

杨嘉一已经做好早点，豆浆已经过筛，晾至温热。昨天翻冰箱还发现了一包迷你寿桃，胡蝶闹着要吃，他只好今早起来回锅蒸熟。

胡蝶坐在沙发上，看着杨嘉一在厨房忙碌的身影，第一次体会到"家"这个字的意义。

有可能是一杯豆浆，有可能是一笼包子，还有可能是和你分享一日三餐的人。

说来也巧，杨嘉一和胡蝶叫了出租车去机场，出租车司机是先前胡蝶找过的代驾。

胡蝶和杨嘉一一上车，司机就"哟"了一声。

司机是个不大的姑娘，说话清脆得像一只百灵鸟："还真是有缘，又遇见你们小两口。"

见胡蝶一头雾水，杨嘉一和她解释道："上次你从Ａ大回来的时候叫的代驾。"

"代驾？"胡蝶又好奇，"怎么又开出租了？"

司机计方卉瞥了一眼后视镜，调换车道："谁大白天喝醉叫代驾呢？晚上生意才多。这样白天晚上都有活干，谁会和钱过不去呢？"

"说的是实话。"胡蝶赞成这个想法。

计方卉问："你们要出国玩？"

胡蝶："不是，去 S 省。"

"S 省好玩的可多了，有空可以多逛逛，那边风土人情都很赞。"计方卉突然想起什么，"哦对，S 省的西宜有座山还挺灵，有心愿的话可以去拜拜。"

胡蝶提起兴趣："哪座山？"

"怀会山。我对象就是我从那里拜来的。"计方卉的语气还挺骄傲。

胡蝶惊讶得张大嘴巴："这么神？"

"其实也不是，就是下山的时候堵车，车子转弯时刹车突然失灵把他的车撞了……一来二去我们就认识了。"

红灯，计方卉刹车等绿灯跳转。

杨嘉一将胡蝶的围巾卸下，从包里拿出一小瓶奶："喝点。"

胡蝶接过。

计方卉望了一眼后视镜："暖气是不是开大了？要不要调低一点？"

胡蝶问道："可以开下窗户吗？"

计方卉正要摁总控开关，杨嘉一难得开口："不用开窗，暖气温度调低一些就好。"

胡蝶委屈地撇撇嘴："怎么不能开窗？暖气烘得我脑仁胀痛。"

"会感冒。"杨嘉一将胡蝶羽绒服的拉链往下拽了一些，"这样可以吗？"

胡蝶向计方卉吐槽："你看到没，专制！"

计方卉调侃道："哎哎，这哪叫专制？撒了我一车狗粮。"

胡蝶闹了一个大红脸："哪有……"

计方卉说："那你是没见过我男朋友，每天不和我怼两句心里不痛快。"

"欢喜冤家呀。"胡蝶说，"听着好甜！每天都有互怼日常。"

计方卉哭笑不得："那确实，我们天天互怼。"

下车前，计方卉加了胡蝶的微信："等你回安城有空可以一起出来玩，和你有缘，到时候别拒绝。"

胡蝶也不知道自己还能不能应约，看着计方卉的笑容，倒不忍拒绝："若是有缘，一定。"


03

怀会山作为 S 省的 5A 级景区，一年到头都会吸引很多游客。这几年则因为山上的几座庙宇更闻名了。

一入山门"天赦"，便能感受到山体的壮观。花岗岩石没入山体，在数万年里不断被挤压，还要遭受经年累月的风雨侵蚀。

胡蝶和杨嘉一并没有选择坐缆车，而是买了两双手套和两根登山杖，准备徒步而上。

S 省全年暖热，因此并没有雨雪困扰。不过近几日天色不是很好，杨嘉一背包中备有雨衣。上山途中不觉得，到了山顶就不一定，以防万一，他还是做了万全准备。

山中庙宇多，动植物也多。

走过"天赦"后的尾松林，地势才开始陡峭起来。

不是节假日，游客数量不多，但每走一段路还是能看见零星几人。

胡蝶站在地图前喘气："刚看地图不是说只有一百米就到下一个山头了吗？这怎么还有九十米？"

杨嘉一帮她顺气："歇会儿吧。地图只算垂直距离。"

胡蝶："……"

杨嘉一拿出手册，和她一起规划路线。

"我们上来得早，距离明早的日出还有很久，可以慢慢走，不着急。"杨嘉一翻到亭楼庙宇那一页，"再走两段山路，就可以看见第一座庙宇了。"

"是什么？"胡蝶歪头看过去，很好奇，上山前只是简单地看了一眼大概，她和杨嘉一走的是南边，这边爬上去见到的庙宇会多一些。

"萍水阁，"杨嘉一解释道，"庙宇名取自'萍水相逢皆是有缘'，意为茫茫人海相遇即是有缘分。"

胡蝶振作起来："这个寓意好，去拜拜。"

杨嘉一陪她在楼梯上坐了一会儿，见她的状态已经调整过来，便起身，将手递给她："走吧。"

两人就这样，一步一步相携着爬过重重山。

萍水阁因是上山途中遇到的第一个庙宇，香火很旺盛，爬上来的一个拐角处就有一个小卖部，解渴的瓜果和矿泉水都有售卖，草香、柏壳香、榆树皮香都有。

胡蝶过去买了两组香，一组三支，香体呈黄色。

她将一组香递给杨嘉一。

"你这是……"

胡蝶将捆香的细绳拆掉，三支香分开，望向杨嘉一："不准备还愿吗？"

杨嘉一呆呆地接过，望着香痴笑，然后和胡蝶一起拜了三次。


两人从萍水阁出来后接着往山上走。

途中，雨淅淅沥沥落下。

胡蝶脱下手套，伸手接住，手心很快就汇聚了一小捧雨水。

她伸出舌尖浅尝了一下雨水的味道。

"哎……"杨嘉一没料到她会尝雨水，都没来得及劝阻，"你渴了吗？我带水了。"

胡蝶就舔了一小口，把剩下的雨水抛回大地。

"我就是尝尝大自然的味道。"

"那大自然是什么味道？"杨嘉一帮她把手心的水擦干净，又将她的手套戴好。

胡蝶站在一级台阶上，杨嘉一站在她身后，两人正好平视。

山中雾气升起，泥土的潮湿气味争先恐后地与空气交融。

不知名的鸟类藏匿在树干上，叽叽喳喳地叫唤。

胡蝶好像能听见自己的心跳声，震耳欲聋。

前后都无行人，胡蝶倾身靠近杨嘉一。

两颗颤抖的心，两个同样孤独的人，在一场山雨中接吻。

胡蝶咬住杨嘉一的下嘴唇，用牙齿轻轻磨了一下，和他头抵着头，小声对他说道："只有我才可以这样哦。"

杨嘉一显然还没有从刚才的场景中走出来，整个人都是蒙的。

他抬眼，只能看见胡蝶的嘴唇张张合合，却听不清她在说什么。

半晌，他又倾身过去，吻住胡蝶。

没过一会儿，身后传来声响，有一行人唠嗑着行至此处。

杨嘉一亲得毫无章法可言，只是一个劲地掠夺她的呼吸。

胡蝶推推他，才勉强制止住。

"你怎么又亲回来了……"这回，蒙的是胡蝶。她抿抿嘴，耳朵和脸颊全部红透了。

现在主动权掌握在杨嘉一手里，他脸不红心不跳地说道："亲吻是两个人的事情，你亲我，我亲回去才算完整。"

胡蝶感觉自己的肾上腺素飙升，"哼"了一声，跟在前面那行人身后往上走。


两个人是下午三点开始爬山的，一路上吃吃喝喝，逗鸟、拜神佛，游玩下来，到第一座峰顶的时候已经是半夜十一点。

雨有变大的势头，峰顶的几家商铺已经支起雨棚售卖食物和出租帐篷。

杨嘉一去租了一个帐篷，在避风处支起来。

商铺门口场地很大，放了很多四方的木桌子、长条凳，有十几个人坐一起喝着热茶闲聊。

胡蝶和杨嘉一坐在角落，不过临近深夜，雨越来越大，躲雨的人越来越多，就连他们这个偏僻角落也有人挤过来坐。

来的人应该是一个旅行团的，服装统一，插在书包边的旗子上写的名字也是较为有名的"××旅游社"。

和胡蝶他们围坐在一张桌子的有两对情侣，还有就是导游和几个形单影只的旅客。

年轻人精力旺盛，抱着看日出的念头爬山，同时还做好了不睡觉的打算。

一行人有一搭没一搭地聊天，安静的时候都是在玩手机，拍拍风景，拍拍自己和对象，然后发朋友圈。

杨嘉一找店家买了一壶热水，给胡蝶冲了一杯奶，放在一旁晾着。

凌晨一点多，导游和几个游客去睡觉了。

算上胡蝶和杨嘉一，只剩下三对情侣。

胡蝶对面那个戴着鸭舌帽的男生先开口，声音很温润："大家认识一下？"

杨嘉一笑了笑，接话："杨嘉一。"

鸭舌帽男生和杨嘉一握手："连骐。"

另一个男生穿着连帽卫衣，眉眼有些浓郁，有点像混血儿，见其他人开始对话，他也伸出手："路成戈。"

另外两个女生也不是内敛的性格。连骐旁边的女生梳着脏辫，嘴里嚼着泡泡糖："相逢就是缘，冉愿，冉冉红日的冉，愿望的愿。"

路成戈身边的女生是小家碧玉类型，说话很温柔："符玉帛。"

最后，众人的视线都转向胡蝶。

胡蝶摘下口罩，笑着介绍自己："胡蝶，古月胡……"

冉愿愣了一下，然后猛地拍了一下连骐的胳膊："天啊！"

连骐眉头都没皱，淡定地询问："怎么了？"

冉愿眨着眼睛看向胡蝶，激动到说话都有些磕绊："你你……不是您……您是那个写《屠戮都市》的茧吗？"

这个世界上叫胡蝶的人很多，不过长得这么相像的可不多见。

胡蝶"嗯"了一声，淡淡地笑着说："是我。"

"我刚才觉得你好眼熟，但是你一直戴着口罩，不开口，我也不敢问……"

杨嘉一笑着轻撞了一下胡蝶的肩膀："爬个山也能遇到读者，小胡同志厉害呀！"

胡蝶攘他："一边去。"

符玉帛对"茧"这个笔名也略有耳闻，但没见过作者的样子，一时之间没能将胡蝶和茧对上号，此时也应道："确实有缘。"

冉愿挤走连骐，坐在了胡蝶旁边："女神！你的书我都看完了，家里一书柜都是你的书，就是每次签名都抢不到，你也不开签售会。

借此良机，你能帮我签个名吗？呜呜……"

胡蝶了然，嘴角笑意不减："有纸和笔吗？"

冉愿回头正要闹连骐，连骐已经将纸和笔放在了桌上。

胡蝶给冉愿写了 TO 签，冉愿高兴得忘乎所以，要不是连骐一直目不转睛盯着她，她能一脚从边角的台阶上踩空摔下去。

冉愿获得签名愿望达成，后续抱着签名坐在那里疯狂拍照，恨不得叫上所有人每个人来一张。

连骐将人拽回来，让她老老实实坐在那儿，这张桌子上的人才算正式开始聊天。

杨嘉一小声问胡蝶："困吗？"

胡蝶被冉愿的激情点燃了青春的魂，摇头，和杨嘉一咬耳朵："再聊会儿，和你们这些小年轻聊天，我感觉自己都年轻了好多岁，热情似火，还能点燃我，送我去上一个大学。"

"那成，当我学妹。"杨嘉一附和她。

胡蝶就跟醉了似的："学长好。"

杨嘉一神色晦暗不明，半压着嗓音"嗯"了一声。

路成戈盯着杨嘉一看了很久，突然开口："杨嘉一？"

"嗯？"

路成戈："你是不是在 A 大上学？计算机系？"

杨嘉一点头："对。"

"以前在市一中？"

"你也是吗？"

"我在你隔壁班。"

"这么巧。"杨嘉一又迟疑了一下，"你们学校放假了？"

路成戈摇头："我没参加高考，年后出国。"

他说完这句话，胡蝶就看见身边的符玉帛瞬间红了眼圈。

"换个话题，"胡蝶出声打断，"你们叙旧呢？"

杨嘉一也察觉到了路成戈和符玉帛之间的氛围，不好插嘴。

冉愿拍完照坐那里十分无聊，看着好不容易调节起来的气氛又要凝固，直接将视线投向了胡蝶和杨嘉一。

作为一名合格的"追星"女孩，八卦之火熊熊燃烧。

可她在那里坐了半天，还没有想好怎么开口。

连骐戳她："你上发条了？怎么一直在抖动？"

冉愿白他一眼，手肘支在桌面上，问胡蝶："女神，他是你男朋友吗？"

刚才路成戈和杨嘉一聊天，看似句句普通，却字字都是惊雷。

根据百度百科的资料，胡蝶今年二十八九岁，而那个杨嘉一才上大学，可能就十八九岁。

哇……

如果是真的，这可真是名副其实的姐弟恋。

胡蝶丝毫不拖泥带水："对，帅气吧？"

"嗯嗯嗯。"冉愿疯狂点头，女神说什么都是对的。

连骐被一口水呛住，疯狂咳嗽也没能换回冉愿回头关怀一下。

胡蝶憋笑："看看你男朋友。"

冉愿这才回头看了连骐一眼，和连骐对上视线，她整个人从脖子红到了额头。

连骐还没说话，冉愿就自顾自说了一句："谁要看你！"

看上去她好像在躲连骐。

"看来是还没成。"胡蝶戳了戳杨嘉一的胳膊。

杨嘉一红了耳朵，整个人僵在那里不说话。

胡蝶知道他脸皮薄，趁着没有人看这边，又光明正大冲着他的耳朵吹了一口气。

"你干吗？"杨嘉一连苹果肌也红了起来。

雨滴砸在雨棚上噼里啪啦，渐渐地，和他的心跳汇成同一条脉络。

杂乱，却清脆。

第七章 · 骤雨梧桐

杨嘉一，此生敬爱胡蝶

01

雨声未歇，坐在桌前聊天的众人逐渐扛不住困意，纷纷撑起帐篷，随意用衣服裹住短暂休憩。

冉愿先钻进帐篷，连骐过去的时候，冉愿从帐篷里伸出一只脚踢在连骐的小腿肚上："你等会儿，急什么！我还在换衣服！"

"行。"连骐在外面等，和检查帐篷的杨嘉一相视一笑。

租帐篷的店家正在清点数量，走过来将一条薄薄的被子递给杨嘉一："一晚上五十块。"

杨嘉一接过："嗯，谢谢。"

说完，杨嘉一弯腰掀开帐篷的帘子，胡蝶正在里面压床垫。

山上昼夜温差大，他们两个人只穿了偏薄的羽绒服，想着爬山会热，没想到所有计划都被这场雨打乱。

"晚上盖这个。"杨嘉一将手上的被子递过去。

"你在外面傻站着干什么？你不睡觉吗？"胡蝶握住杨嘉一的手腕，将人拽进来，"想在外面站一整夜？"

杨嘉一意外被扯进帐篷，此处避风，同时也遮挡住了其他人的视线。

帐篷外仍有人陆陆续续闯过，冒雨爬山，一点点响动都能让杨嘉一僵直身体。

他从未与胡蝶有过这么亲密的距离，此时此刻，他更像是一个来拼帐篷的普通游客。

"我……我不困，你睡吧。"杨嘉一意欲起身，胡蝶伸腿压住他，不让他移动分毫。

"杨嘉一，你又害羞。"胡蝶凑近看杨嘉一躲避的视线，"我怎么感觉你以前撩我撩得挺欢呢？"

"我哪有？"杨嘉一打死也不承认。

"真没看出来你是这样的人。"胡蝶感叹，"你不是说，我还在梦里叫你男朋友吗？"

杨嘉一："……"

自己挖坑自己填，杨嘉一也没想到一语成谶，他真的成为胡蝶口中所说的男朋友。

胡蝶松了腿："时间不早了，躺下休息会儿吧。"

山顶的避风处依旧风声呼啸。

随后，胡蝶将被子抖开，拍拍身侧的位置："帐篷不是很大，我们挤挤。"

杨嘉一闷着嗓子"嗯"了一声，僵硬着倒下去，像块冰墩。

他躺在胡蝶身边，没有睡意，听着她逐渐平稳的呼吸。

被风吹进廊下的雨拍在帐篷上，杨嘉一心乱如麻。

胡蝶来回翻身，最后叹了一口气："你不睡吗？"

杨嘉一愣住，结巴道："是我影响你睡觉了吗？"

"没有，"胡蝶说，"我也睡不着。"

"那聊聊天？"

"可以。"胡蝶面向杨嘉一，左手肘枕在脑袋下，"你转过来。"

"……好。"杨嘉一默默做好心理建设，才翻身。

胡蝶那双漂亮的眼睛毫无预兆地闯进他全部的视野中。

最近一周，胡蝶又消瘦了许多，颧骨越发突出，可是她的眼睛依旧亮晶晶的，盛满了憧憬。

胡蝶："聊什么？"

"聊……"打开话题的人反而想不出来要聊什么。

胡蝶琢磨了半天："要不，聊聊前任？"

杨嘉一："嗯？"

除了胡蝶，可能没人敢在现任面前将这个话题说出口。

胡蝶伸出手指戳杨嘉一："你先。"

"我……"

"你怎么？"

"那个也算前任吗？"

胡蝶倒是认真思考了一下："算……是吧？"

伴着雨声和偶尔的闷雷声，杨嘉一边回想着一边同她低声讲述。

就从今年的盛夏开始讲起。


这一年的夏天，安城迎来数十年难得一遇的酷暑。

查高考成绩的那一天，杨平暮就在回家的路上晕过去了，被好心人送到医院。

本来以为杨平暮是中暑晕倒，没想到杨平暮迟迟未醒，甚至有昏迷的迹象，做了一系列检查才发现是胃癌。

于是杨嘉一开始了兼职、借钱、不停奔波的日子。

亲戚都已经被杨嘉一的父亲招惹过一番，现在杨嘉一仅仅是登门，都会迎来一盆冷水，没人能够借钱给他，谁也不会相信他。

而李欣悦就是那个时候出现在杨嘉一的视野里的。她住在杨嘉一的隔壁，每当他做好早饭，准备送去医院的时候，她也会打开门。

起初她会诧异地问道："你也住这里？"

后来她会陪他一同走一段路。

时间上的巧合，言语上的陷阱，被日渐忙碌的杨嘉一忽略了。

填报高考志愿的那一天，杨嘉一放弃了曾经勾选的清北，将志愿填在了安城的 A 大。他也放弃了进修音乐的念头，埋头提早学习计算机软件的知识。

他知道，自己曾经期望的日子都只是妄想。对于现在的他来说，钱才是最重要的、能够救命的。

杨平暮私下问过很多次医生，除了动手术，有没有什么办法能够缓解现在的病情。

医生了解她的家庭情况，也做了深度检查，并没有发现淋巴结转移，于是考虑到了内镜下黏膜剥离。

对于胃癌初期患者，基本上都是采用这类手术进行治疗的。

手术方案通过，杨嘉一也东拼西凑了一些钱。可就在手术后不久，杨平暮的病情发生了变化。其实谁也不能保证内镜手术后癌细胞不会卷土重来，可多数案例都是在一两年后才会复发，杨平暮做完手术仅仅才过去了两个月，复查的时候，又在胃里发现了比以往增长速度更快的癌变细胞。

杨嘉一大学刚入学就变成了一个彻头彻尾的打工仔。听闻高新医院的医生治疗癌症很有经验，杨嘉一毫不犹豫将杨平暮送往那里进行治疗。高额的手术费用、日常护理费、床位费等，都变成了催人命的刽子手。

起初，李欣悦也借给杨嘉一两千元应急，但不过两天又要了回去，说是学校有急用。再后来，杨嘉一白日上课，晚上兼职，每日囫囵睡上三四个小时，又开始了新的一天。好不容易在酒吧找到新的工作，与同事们相处熟悉后，大家也知道了他的困境，纷纷援助。这笔慢慢攒下来的钱，在某一天交给李欣悦后，像是彻底被扔进水坑，一丝水花都未曾掀起。

那段时间，是杨嘉一人生中最黯淡无光的日子，但是因为杨平暮，他还是坚持下来了。同事们都很好，不催着他还钱，他只能延长工时，平日唱两个小时，后来唱四个小时，加倍努力挣钱还钱。

还完钱后的第三日，杨嘉一遇见了胡蝶，一个拯救他于水火之中的人。

起初，他以为这只是一场有钱人的玩笑。可后来他发现这并不是玩笑，而是上天给他开的最后一扇窗里飞进来了一只蝴蝶。

故事很短，短到胡蝶听完还未入睡。

她睁着眼睛，仔细听着属于杨嘉一的故事，问道："那，在这之前呢？在这之前你是什么样子的呢？"

她曾想过，杨嘉一以前应该过得很恣意妄为吧？他或许是班级里成绩最好的那个同学，或许是球场上随意就能投进一个三分球的少年，或许是信塞了一整个桌肚的青葱男孩……

杨嘉一摇了摇枕在胳膊上的头，开口道："没有。"

"什么？"

"严格来说，我没有青春。"杨嘉一没有去看胡蝶那慢慢浸满眼泪的双眸，"换一种说法，大学的日子虽然忙碌，却是我过得最轻松的一段时光。"

杨嘉一躺平，帐篷很小，双腿伸展不开，只好屈着，他望着帐篷顶上时不时扑上然后滑落的水珠。

因为有一个精神失常摔死自己儿子后蹲了监狱的赌鬼父亲，杨嘉一在童年时期，从来没有在人前抬起过头。

那时候的小孩子哪里懂得什么大道理，父母饭后闲聊的潜移默化让那些半大的孩子认为杨嘉一也和他父亲一样十恶不赦。

杨嘉一曾经很怕毛茸茸的生物，可是每次他上完厕所回到座位，笔盒里就会多出一条毛毛虫。

虫子在杨嘉一的眼中像是幻化出了嘴脸，和班上的同学一样，大笑着，仿佛认为这只是一场再简单不过的玩笑。

他找过班主任，换来的不过是那群孩子的一句"玩不起"。

对，他玩不起。

他不能打人，不能骂人，甚至连大声说话都会引起一阵冷嘲热讽——

"看，他和他那个爹一样，会骂你，然后打死你！你再和他说话，小心哪天他把你摔死！"

长大一些后，杨嘉一不再害怕毛茸茸的生物了，笔盒里也不会再突然出现毛毛虫了。

他有很长一段时间走不出这旋涡。杨平暮看出他的状态不好，和他聊天，想让他敞开心扉。他却强装没有什么事情可以让自己难过，一天一天熬着，熬到年级第一，熬到老师提及他的时候，不是过问他的家庭，而是夸奖他的成绩。

他高考志愿填报的 A 大，至今让教导主任心头窝火，一棵清北的好苗子，硬生生让家里人折磨断了。

杨嘉一在新学年的第一个教师节顺路回母校，给教导主任带了一束花。

教导主任经过一个暑假算是想清楚了，都是命，强求不来。

杨嘉一的家境他们这些老师也清楚，选了 A 大，选了计算机专业，兴许杨嘉一的心里比他们还难受。

一滴眼泪没入鬓角，胡蝶抽抽鼻子，倾身过去，趴在了杨嘉一身上。

她说话的声音闷闷的："杨嘉一，我们都好惨。"

杨嘉一把手覆在胡蝶的后脑勺上摸了摸："惨什么？都过去了，你现在还有我。"

"那你现在也有我。"胡蝶撑起上半身，随后捧住杨嘉一的脑袋猛地亲了一口，"盖章。"

杨嘉一眸色渐暗，耳郭通红。

他紧紧搂住胡蝶，再次亲吻了上去。

忽略那分外生疏的亲吻，杨嘉一恍若换了一个人，变得霸道、蛮横，好像胡蝶只能是他一个人的。

胡蝶也忽略了自己即将离开这灿烂人间的事实，她被吻到泪水洇满整个脸颊。在这个密闭狭小的空间里，她的泪和杨嘉一的呼吸交织着，仿佛在这一刻已经约定好，他们要一同奔向第二天的灿阳。

夜深人静，唯有风声在争吵，偶尔天空划过一道闪电，在那一瞬间，照亮整个天幕。

胡蝶窝在杨嘉一的怀中，听他唱歌。

他的声音很小，很催眠。

胡蝶的呼吸渐渐平缓，正当她要睡过去时，一道响彻天际的惊雷将她吵醒。

像一场噩梦。

杨嘉一并没有睡着，轻声哄着她："没事没事，一道惊雷而已，接着睡吧。"

"杨嘉一……"胡蝶清清嗓子，"你有没有听见什么声音？"

杨嘉一不说话。

胡蝶向后挪了一些，看向他。

只见杨嘉一整个人就像是煮熟的虾，从额头一直红到脖子。

他伸手将胡蝶的耳朵捂住："不许听，睡觉。"

胡蝶起了坏心眼，在杨嘉一的胳肢窝挠了一下，趁着他松手，整个人又倾倒在他身侧。

胡蝶笑眯眯地戳他胸前的软肉，用商量的语气问道："要不要帮你捂耳朵？"


02

第二日醒来，胡蝶想不起自己昨晚是怎么睡着的了。

杨嘉一还未醒，手很老实地放在胡蝶的脖颈后充当枕头。

胡蝶轻轻挪动了点位置，靠在杨嘉一的胸前，在这个还未到清晨日出的时辰，感受他的呼吸、他的存在。

她忍不住去想象，她死后，杨嘉一会是什么样子呢？

她一个人孤零零地长眠地下，杨嘉一孤零零地留在世上……哦，不对，杨嘉一还有亲人。或许在某一年，毕业很久的杨嘉一恰是风华正茂，给他介绍对象的人肯定能将他家的门槛踏破。

杨嘉一还会记得她吗？

他会有新的生活，有妻子、孩子……

这些都是她可望而不可即的。

冬季，天亮得迟，又下了一夜的雨，今天的日出比以往更难等候。

胡蝶先起身套好衣服。

杨嘉一听到动静后也清醒过来，摸了摸胡蝶的手，试探了一下她的温度。

杨嘉一问："冷吗？"

胡蝶摇头："比昨天好一点。"

杨嘉一帮她把拉链拉到下巴："这是在帐篷里，把手套戴上再出去。"

"没那么夸张吧？"胡蝶将帐篷的拉锁往下拽了一些，扑面而来的冷风见缝插针地涌入，"咝——这怕是妖风啊！"

杨嘉一揉揉她的后脑勺，囫囵穿上衣服，先出去了。

他站在风口，多多少少挡住了一些冷空气。

胡蝶抬头看了一眼天色，并不是很亮堂，略有些失望："看来今天是看不到日出了……"

杨嘉一正要开口说话，就听见了隔壁帐篷传来的动静。

冉愿又一脚将连骐蹬了出来："你看什么！"

连骐黑着一张脸，可能是刚起来，脸色不是很好："我看什么了？"

冉愿在帐篷里手忙脚乱地穿衣服："你说你看什么？你看见的

你让我说？"

　　杨嘉一将胡蝶往自己身边揽了下，对她说："一会儿先去看日出，然后再溜达另外几个山头，返程的话，我们坐缆车下去。"

　　"好。"


　　杨嘉一和胡蝶用矿泉水漱了口，然后去老板那里结账。

　　山上信号差，下雨后通信都成问题，付款基本都是现金。

　　连骐也在那里付钱，冉愿照旧在后面当拍客。

　　看见杨嘉一和胡蝶，冉愿收了手机过来打招呼："你们后续去哪里？"

　　胡蝶说："先看日出。"

　　"这天气，看日出怕是有点悬。"冉愿琢磨了一会儿，"下山后一起吃饭吧？"

　　胡蝶盘算着一会儿下山肯定很饿了，点头同意。

　　冉愿与偶像约了饭，兴高采烈地扑到连骐的背上。

　　连骐也任劳任怨地背着，直到天际渐渐有了暖黄色的光晕，才将冉愿带到栏杆边放下来。

　　杨嘉一也半蹲在胡蝶面前："上来吧。"

　　胡蝶："嗯？"

　　杨嘉一笑着说："让你也体验一下一米八以上的空气。"

　　"说我矮呢？"胡蝶轻捶他的肩胛，傲娇道，"我不上。"

　　"真不上？"杨嘉一照旧蹲在那里。

"我……不！"胡蝶有些动摇。

杨嘉一再次诱惑："免费的哦，只此一次。"

胡蝶认命一般俯身趴上去，其实心里已经乐开花，但嘴上不饶人："我是害怕你一直蹲着腿会疼，才不是我要你背。"

杨嘉一"嗯"了一声，绕过脚下的奇怪石头，分外真诚地说："是我求着背你的。"

"我怎么觉得你在说反话？"胡蝶喃喃，他说的话她越想越觉得奇怪。

"这怎么是反话？"杨嘉一憋着笑，用撒娇般的语气低声说道，"求求啦，胡蝶姐姐快让我背背，我们好一起去看日出。"

冉愿给胡蝶占了一个位子，杨嘉一将胡蝶放下，四个人一起站在栏杆处等待着破晓时分。

渐渐地，周围的人越来越多，大家都挤到视野好的地方站着。

耳边是人潮涌动的喧闹声，这一刻，笼罩在胡蝶心头的那一丝淡淡的情绪好像消失了。

眼前是即将升起的太阳。

太阳永远不会变，日升月落是亘古不变的金规铁律；地球绕着太阳旋转，地老天荒，日子周而复始。

或许她和他在一起的每一天，在她死去后都值得怀念，现在刻在两人的骨子里，是正在跳动的心脏。

山顶众人为初升的太阳欢呼雀跃。朝霞在穹顶之下渐渐扩散，天色由红至橙，再成黄色。

"杨嘉一。"

"我在这儿。"

胡蝶转身，钻进杨嘉一的怀抱里。

胡蝶的身后是太阳从万里高空遗落下的光芒，她的怀中，是仅此一生、仅此一次的心动。

胡蝶与杨嘉一的心跳频率仿佛趋近一致。

怦怦怦——

等到太阳照常营业，高高悬挂在头顶时，胡蝶和冉愿加了微信，准备下山后约饭。

两路人分开继续前行。

杨嘉一领着胡蝶到其他山头转了一圈。

除却萍水阁，南边的山顶上还有天临阁，据说祈求事业会比较灵验。

胡蝶买了一炷香，很虔诚地叩首，在心里默默祈愿，希望杨嘉一的才华能够早点得到更多人肯定，他前十九年的人生太苦了，如果上天不忍心，那就一定一定要让他日后春风得意、鹏程万里。

杨嘉一没进天临阁，等胡蝶出来的时候，他问她："你许了什么愿望？"

胡蝶抿嘴，脚下踢着一块小石头："愿望说出来就不灵了。"

杨嘉一哄骗她："你不说出来，佛祖怎么能够听到呢？"

胡蝶当然不吃他这一套："佛祖都是神仙啦，倾听每个真诚信众的心声是必修功课！"

杨嘉一见套不到她的话，只能作罢，往前走了几步，握住她的手。

两人一起往下一个庙宇走。

他们去的最后一个地方也不算是庙宇，那里不受香火，也没有神仙金身。

这里算是怀会山唯一一处还算平坦的空地。

空地上坐落了一座简陋的四角房子，那一方小小的牌匾上写着"来生"。

四角房子前，一棵树倔强地生长在山石间的缝隙中。

胡蝶上前打量，发现这棵已有些年岁的树竟然是桃花树。

和那条古玩巷口的那棵树一样，只不过西宜市的气候环境和安城不同，这里的桃树枝叶繁茂，枝干遒劲，等待春风的催促，开出整座山头的灿烂。

"来生"里走出一对如胶似漆的情侣，他们手上还系着红丝带，脸上洋溢着动人的情愫，空气中也弥漫着暧昧。

"来生。"胡蝶扭头看向杨嘉一，"这名字起得真好。"

杨嘉一应和，拉着她往里走："进去看看吧。"

房子里仅有一方案桌，上面零零散散放着水果、瓜子和香烟，还放了两瓶江小白和一摞纸钱。

环视周围，看起来四周的墙面多年未曾有人修缮过，墙皮受潮泛白脱落了一大半。剩下还算完好的那面墙上密密麻麻写满了字。

胡蝶打眼看过去，发现整片墙都是祈愿的语言。

有许愿能够和身边人长长久久的，有许愿暗恋能够成真的，有希望和过往的人再也不想见的，也有想在这世上多活几年的……

桩桩件件，重若雷霆，水性笔写下的字宛如水墨画卷展开，一览而过，都是少男少女们的青葱岁月。

胡蝶稍有些遗憾："我们没有带笔。"

随后，她沉默片刻，在墙前直立，双手合十闭眼许愿。

若世上真有大罗金仙，她盼来生。

杨嘉一看着她微微俯身，脖颈露在外面，便从包里将围巾拿出来，一圈一圈给她戴上。

胡蝶睁开眼睛，望向杨嘉一。

他依旧淡淡地笑着，有问必应，有愿必清。

"饿了吗？"杨嘉一问。

胡蝶摸摸肚子，点头。

此时天光大亮，清早的太阳不会特别炙烤，迎着山风，反而有种被风拥抱住的错觉。


两人坐缆车下山。

等到缆车行驶至半山腰，手机信号重新满格，先前没收到的消息争先恐后涌进手机里。

随着缆车时不时失重下坠，胡蝶不算严重的恐高症被勾了出来，她往下看巍峨的山，脑袋里就像是装了糨糊，晕得很。

忍着身体的不适，胡蝶翻出微信回消息。

冉愿他们跟的旅行社已经到了山脚，现在回酒店休息。

冉愿和连骐出来下馆子，找到了一家西宜市特有的家常小炒店，冉愿将菜单发给胡蝶。

冉愿：你看看有没有想吃的菜？下缆车后给我说一声，我就去点，你们到这儿的时候菜就炒好了。

胡蝶：行，我先看看。

杨嘉一在胡蝶旁边看着她，怕她身体不适。见到胡蝶在对话框里输入了"lazijiding"，杨嘉一佯装咳嗽，吸引了胡蝶的注意力。

胡蝶疑惑："干吗？"

杨嘉一扬扬下巴："点的什么菜？"

胡蝶一激灵，捂住手机："这是我的秘密！"

"等会儿菜上桌就不是秘密了。"杨嘉一将胡蝶手机屏幕上的拼音删掉，"重新选。"

胡蝶撇嘴，嘴里寡淡到一丝味道都没有："我只尝尝味道，不咽下去好不好？"

杨嘉一轻叹一声，拿她没辙："挑点其他菜，辣子没有那么多的就行。"

"好耶！"

胡蝶以前倔得九头牛都拉不回来，有自己的主意，就是抱着要死的态度活着，吃什么都很随意。

现在有了杨嘉一，她好歹受了管，饮食尽量都是温补类，很少再有油腻荤腥辛辣。

缆车滑行途中出了点故障，到山脚已经是下午两点了。

一行人吃了饭，正巧山下有当地的美食文化集市，胡蝶和杨嘉一便顺路过去逛了逛。

胡蝶很少有这种状态，脸上的笑容都没有半刻消退，东走走，西瞧瞧，像极了一个从未出过宅门的姑娘误入热闹的人间。

或许她也在体会不一样的青春。

这是她不曾拥有过的生活。

杨嘉一跟在她身后，遇到好玩的，两人一起打个配合；遇到好吃的，胡蝶尝尝鲜，剩下的丢给杨嘉一解决。

两人在这里留不了几天，玩游戏赢来的纪念品全部送给了在集市里奔来跑去的小孩。

胡蝶只留下一枚戒指。

蝴蝶样式的，在稀薄的阳光下，映在了胡蝶的眼中。

或许是缘分，这枚戒指是摊主从国外淘回来的，那边正巧是个蝴蝶国度，一年四季都会有不同种类的蝴蝶。那里有一座荒僻的小岛，岛上的蝴蝶在死亡前都会绕着一座城堡飞上数十圈，随后安然死去。而这枚戒指，就是城堡的主人留下的。

这其中带了多少传言胡蝶不清楚，只知道这枚戒指或许是一种执念的传递。

她和摊主聊了很久，关于这个故事，关于这枚戒指。

戒指先前的主人兴许是一位男士，戒指对于胡蝶来说有些偏大，摊主取出工具准备帮胡蝶改小尺寸。

改之前，摊主还一本正经地说："这枚戒指改小之后，就再也改不回来了。"

胡蝶拉过杨嘉一的手，将戒指套在了杨嘉一的中指上。

刚刚好。

杨嘉一开口问胡蝶："上次我给你买的那一枚戒指呢？"

她弯着眼睛笑："包里。我怕玩得太疯给弄丢了。"

杨嘉一又低头看向胡蝶给他戴上的这枚蝴蝶戒指，说道："这还是一只振翅欲飞的蝴蝶。"

"对呀，好好看。"胡蝶侧过头，小声问他，"你戴不戴？这好像是一枚男士戒指。"

杨嘉一也小声回应她："你戴着好看。我毛毛糙糙的，可能会把翅膀弄折。"

想想也是。

胡蝶看着流光溢彩的戒指，兀自叹气，如果翅膀是平整的就好了，杨嘉一戴着一定很好看。

戴着蝴蝶，想着胡蝶，怎么想都很浪漫。

胡蝶举着手，对着天空晃来晃去，瞧她新到手的戒指。

左手是蝴蝶，右手是与杨嘉一的蝴蝶之约。

她献宝一样把手放在杨嘉一眼前："好看吧！感觉我就是个小富婆。我以前还想过十根手指头都戴满戒指呢，现在光是两枚，我就觉得足够了。"

杨嘉一护着她后背，一边看路一边欣赏，称赞道：

　　"好看。"


　　等到集市里的人陆陆续续变少，胡蝶和杨嘉一也准备回酒店休息。

　　胡蝶坐在槐树下歇着，从包里翻出药吃。

　　她刚咽下，冉愿不知道从哪里蹦出来，吓了她一大跳。

　　"你们没回去呀？"冉愿晃晃手机，"我给你发消息啦，看你没回，我们差点就走了。"

　　胡蝶拿出手机看了一眼，确实有挺多消息："抱歉，可能是刚才集市里太闹了。"

　　冉愿倒无所谓："一会儿我们去 KTV，你们去吗？"

　　胡蝶愣了愣："啊？"

　　"都是刚爬山认识的，说一会儿去唱歌。附近就有 KTV，吃饭唱歌一体的，热闹。"

　　"去。"胡蝶喝了一口水，润润嗓子，"跟着你们小年轻一起玩，我能一夜之间返老还童。"

　　冉愿刚给胡蝶说了地址，随后就被找来的连骐抓走了。

　　连骐黑着一张脸，脾气老臭了："你就这么把我扔给一群女生？"

　　冉愿跟不上他的脚步，又蹦又跳："人家找你说话又不是找我说话！"

　　"我刚才已经和那群人说了。"

"说什么？"

"说你是我的发言人，从现在开始，我不说话了！"连骐的语气很着急，像是真的被气到了。

胡蝶坐在石凳上远远瞧着，摇了摇站着的杨嘉一："一路上我们都在吃狗粮。"

杨嘉一不乐意她说这个："不能自给自足？"

胡蝶一时没反应过来，等她正要开口时，杨嘉一跨步上前，在她面前弯下腰，作势要亲她。

胡蝶被吓到，脑袋往后仰。

杨嘉一迅速扣住她的后脑勺。

暧昧的空气带着杨嘉一身上特有的柠檬肥皂香味，干净，清新，迎面向胡蝶扑来。

杨嘉一并没有亲胡蝶，而是认真地看着她面颊上的每一寸肌肤，以为这样就能将她深深刻在记忆里。

"干什么？"

"你说呢？"

"不能对长辈行大不敬之礼。"

"此'敬'非彼'敬'。"

说完，杨嘉一轻轻吻在胡蝶的眼尾、颧骨、脸颊上。

他捧住胡蝶的脸，语气很虔诚，如同发誓："杨嘉一，此生敬爱胡蝶。"

指间那枚远渡重洋的蝴蝶戒指，随着树叶缝隙间洒下的光影变换闪闪发光。

光影一晃一晃的，像是她人生的倒计时。

执笔十余年，她此时却不得不怨一句，百无一用是书生。

她望着杨嘉一的眼眸，深邃，透着忠诚、属意和爱。

而现在，她却一个音调都未能发出来，一句连贯的话也无从开口。

在这个临近霜降的日子里，西宜市暖风徐徐，吹热了胡蝶的心。

是承诺千金重，抑或是心无风已动。


03

"唱点什么？"冉愿坐在包间右侧方的点歌台后，灵活的手指不停在屏幕上敲敲点点，抬头询问大家要点的歌。

一行人各自言语，她听见几首，再次扭头搜索。

大包间塞得下十五六个人，这一行人加上胡蝶和杨嘉一正好十个人。

纯音乐慢慢在房间中流淌，一起唱歌的除了胡蝶和冉愿有男朋友，其他都是单身小年轻。

胡蝶正扭头怂恿杨嘉一上前点歌，冷不防听到有人说："哟，《捞月亮的人》，这可是老歌了。"

"你唱吗？"有人问冉愿。

冉愿说："我不会粤语。"

刚才被怂恿了半天的杨嘉一倒是出声了："我唱吧。"

胡蝶格外新奇地看他，语气里含着笑意："刚求你好久，你都不唱。"

杨嘉一凑在胡蝶耳边轻声说："这不是刚好轮到我们的定情歌了嘛。"

胡蝶耳根红得透彻，撇开眼睛不去看他。

杨嘉一没有接上一个女生递过来的话筒，而是起身走到左侧的立麦前，手抵着话筒等前奏。

熟悉的音乐，熟悉的人，熟悉的声音，唯一不同的是如今两个人的身份。

他们是爱侣，是至死方休的亲密爱人。

杨嘉一唱得很随意，可每一句都是看着胡蝶吟唱出来的。

昏暗不明的灯光像仙女散花一般从每个人的脸上划过，半明半暗的光线中，杨嘉一的声音缱绻旖旎，带着青春肆意的味道，通过歌词讲述他们相遇的故事。

有个姑娘很好奇，和身边的人咬耳朵。

不知道讲到什么，两三人笑作一团，面红耳赤的。

雾色安抚月缺，

大街依旧积雪，

什么心事也许不必说，

……

岁月短，遗下一片弱质纤纤愉快感觉，

月半弯，淡如逝水一般映照我愿望，

你样子，反照优美湖水未及捞获，

下辈子，顺从回忆牵引走进老地方，

你是否，同样身处月色之中像我漂泊……

长长的尾声杨嘉一以哼唱作为结束，他这样少见的音乐天才很容易获得一众女孩儿的好感。大家都叫嚷着，几个爱起哄的男生吼着"再来一首"。

杨嘉一摆摆手，欠身婉拒。

等到音乐结束，跳转到下一首歌后，杨嘉一才回到胡蝶身边。

几个小女孩见到杨嘉一回到胡蝶身边后，热情瞬间冷却了几度。

胡蝶见她们看过来，温婉地笑了笑，不做言语。

胡蝶低头和杨嘉一小声说话。

包间内，杨嘉一的歌算是给今天的行程做了结尾，接下来的都是鬼哭狼嚎，难以挽救。

因为太吵，胡蝶和杨嘉一说了两句话都听不清回应，直接发微信和他聊天。

胡蝶：恭喜呀！

杨嘉一：？

胡蝶：又收获一众小迷妹。

杨嘉一：吃醋了。

杨嘉一用的是句号，很显然，是肯定胡蝶的"吃醋"想法。

胡蝶：哪有？

杨嘉一转头看了胡蝶一眼，胡蝶瞪着圆鼓鼓的眼睛，视线在杨嘉一和那些小女孩儿之间打转。

两方眼神碰撞，倒是胡蝶先行转走视线。

那边的女孩们也感受到了杨嘉一和胡蝶之间诡谲的空气。

"那个姐姐是他的朋友还是女朋友呀？"

"看着有点成熟哎，应该是姐姐吧？"

"那去要个微信？认识认识不过分吧？"

几个女孩互相推推搡搡，拿着手机走到杨嘉一面前。

冉愿和连骐正在掷骰子，看到这边的情形时已经来不及阻止。

其中一个扎着马尾的女生晃了晃手机，在嘈杂的音乐声里微微提高了声音，问杨嘉一："同学你好，可不可以加个微信认识一下呀？"

杨嘉一准备将决定权交给胡蝶，嘴角噙着一抹若有似无的笑，看着蔫坏蔫坏的。

果不其然，他微微向后仰，靠在后面的沙发软皮背上，清润的嗓音说道："你们问这个姐姐。"

女生以为胡蝶真是杨嘉一的姐姐，连忙笑脸相迎："姐姐，我可以加你弟弟的微信吗？"

胡蝶一愣，笑意憋不住，见这几个单纯的小姑娘被杨嘉一玩得团团转，正要开口解释呢，冉愿干了一口白酒冲了过来。

"宝贝们，接着唱歌接着舞！人家两人是一对儿！姐姐还是我女神！大作家呢！"冉愿钩住一个女生的肩膀，怕她尴尬，"咱们几个乳臭未干的就不凑这个热闹了哈！接着唱歌！要听什么我给你们点！"

那几个女生再怎么迟钝也反应过来了，连忙说了几句"百年好合，早生贵子"就去另一头唱歌了。

"我要是那女孩儿，心里头肯定要念叨死你。"胡蝶调侃道。

杨嘉一眼神淡淡地从银幕面前移开，继而又滑到胡蝶手上。

他抓起胡蝶的手，在自己掌心中慢慢焐热，摩挲了一阵，然后拉着胡蝶先行离开。

杨嘉一走出去才说话："姐姐生气了？"

胡蝶横他一眼："你又要耍幺蛾子呢？"

每每杨嘉一格外乖顺地叫她姐姐，胡蝶就头皮一紧，因为知道这人又要作妖。

杨嘉一眼皮耷拉着，活脱脱像一只淋了雨的小狗。

"看来今天撒狗粮失败是我技艺不成熟，姐姐再给几次机会，我多练练？"杨嘉一弯腰贴上胡蝶的脸，在她脸上蹭了蹭，"实在不行，姐姐也可以惩罚惩罚我，让我牢记。"

胡蝶本就没有生气，刚也是在那氛围里换位思考了一下，要是她再年轻几岁遇到这种情况，肯定会尴尬羞愤死。

杨嘉一一会儿揪揪她的头发，一会儿亲亲她的脸蛋，黏人得不行。

胡蝶佯装生气闹脾气："那，我勉勉强强给你一次机会吧。"

"姐姐罚我做什么？"

"罚你……"胡蝶想了想，"背我回酒店吧！"

先前爬了山，后来又去市集，胡蝶已经困到不行，双腿早就走不动了。

胃里抽痛她也不想说，只想安安静静趴在杨嘉一的背上。

"上来吧。"杨嘉一说。


西宜市的夜晚拥有柔柔的暖风，走在路上，风就径直往人怀里钻，笼罩在脸上和脖颈上，痒痒的。

杨嘉一掂了掂胡蝶："怎么变重了？"

胡蝶手上还有点力气，垂在他身体两侧，闻言轻柔地捶了捶杨嘉一的胸口。

"最近心情变好，吃饭也都吃得饱饱的，很快就能成一只小猪啦。"杨嘉一踩着地上的影子走，明眼人其实能看出来胡蝶的状态一天比一天差，但他还是变着法地夸她。

"你才是小猪。"胡蝶在他耳边说完便打了一个长长的哈欠。

"困了？"杨嘉一声音轻柔。

"有点。"

"睡吧，我走慢些。"

"小猪……"胡蝶哼哼唧唧承认这个昵称，"小猪想放烟花。"

杨嘉一也听见附近有噼里啪啦的声音。

胡蝶闭着眼睛说："听说西宜市只有怀会山下可以放烟花，好像是什么老规矩。"

"知道是什么老规矩吗？"杨嘉一问。

胡蝶想了半天，在他脖颈上蹭了蹭，摇头。

杨嘉一耐心地和她解释，脚下已经转弯，换了另一条街道走。先前来的时候，看见这边有烟花爆竹的商店，也不知道这么晚了还有没有开门。

"怀会山没有老规矩，倒是有个传说。"

"什么传说？"

"以前怀会山有一位山神，管着南边的土地。有一天，一只北面的兔子闯进他的领地，成了他的爱宠。"

"兔子变成了少女？"胡蝶的写作雷达突然警钟鸣响，兴奋地追问。

杨嘉一失笑："没有。"

胡蝶耷拉下脑袋："那你接着讲吧。"

"兔子不喜欢吃萝卜，反而很喜欢看南边人间的烟火。有一日众神开会，小兔子溜下山玩，被打野味的村民捉去了。"

胡蝶好像已经料到故事的结尾，语气怏怏的："兔子死掉了，对吧？"

杨嘉一："嗯。人间到了年末，那一户村民又新添了小孩，数年不曾开荤，当晚就将那只兔子宰掉吃了。"

山神回来，没有发现兔子，顺着兔子失踪的地方查探，才发现兔子早就死去了。

山神闹到了佛祖那里。

佛祖却说兔子于饥荒的平民有恩，拯救了身处水深火热的人，是为无上功德，早已羽化登仙。

神仙神仙，本就是不同的境界，不同的修炼，就像是两条永不相交的平行直线。冥冥沧海众生，他们永不相逢。就算小兔子已然为仙，还活着，他们也见不到了。

此后，每逢人间的初一和十五，山神都会勒令那户村民在山脚下放一簇人间最美的烟花。

那是神给予他们最残酷，却又是最悲悯的惩罚。

祖祖辈辈，这个惩罚永不会停止。

虽然现在已经是新世纪，但对于这座山，人们还是替山神留下了最温柔的回忆。

胡蝶趴在杨嘉一肩膀上已安然睡去。

就在杨嘉一讲到山神终日孤寂，郁郁寡欢，每日看着人间烟火度过余生后，她强迫自己不去联想，也不去想象，那只是山神和小兔子，不是她和杨嘉一。

"啾"的一声，又一簇绚烂的烟花在天幕上炸开。

是彩虹的颜色。

杨嘉一放慢脚步，在小摊上挑拣了几种漂亮的烟花。

除了仙女棒，还有一种名叫小蝴蝶的转圈烟花，杨嘉一也让老板拿了三盒。

他动作轻缓地给老板结账，丝毫没有吵醒熟睡的胡蝶。


杨嘉一带着胡蝶到了怀会山下的音乐喷泉旁边。

这里距离他们下榻的酒店很近。

时至深夜，这里依旧还有很多像他们一样的外地游客。S省外下了禁烟令，一年四季都不能放烟花，在这里游玩，当然要放肆一场。

兴许是因为人多，吵闹声也大，胡蝶悠悠转醒。

"我们在哪儿？"

"小猪，来放烟花吧。"杨嘉一将烟花随手扔在一旁，手护着胡蝶，就着她的身高，让她站在台阶上。

胡蝶揉揉眼睛，注视着广场上的烟火大会。

"哇！好漂亮的烟花。"

杨嘉一侧过脑袋看她："好看吗？"

胡蝶点头如捣蒜："嗯！"

"你更好看。"

胡蝶一愣，诡异地看着杨嘉一，伸手覆住杨嘉一的额头，喃喃道："你没发烧啊……"

杨嘉一将她的手拿下来，亲了一口，然后握住放在自己的脸颊上："你是我心里，最漂亮的那一簇烟火。"

胡蝶迷迷糊糊让他亲了一口。

两人也跟着广场上的人一起放烟花。

胡蝶从塑料袋里拿出一个稍大的烟花盒子，在正中间插上冲天的烟花，摆了好几个方位才特别满意地拍拍手："完美！烟花从这个角度冲出去肯定很好看！"

"那点吧。"杨嘉一将打火机递给胡蝶。

她当即就愣在那里，指了指自己，又指了指打火机："我？"

"嗯？"

"你让我点火？"

杨嘉一装成纳闷的样子："不会点吗？"

胡蝶："……我怕。"

"那你亲我一口，我帮你点。"

"……"

烟花炸开的一瞬间，胡蝶感觉整个世界都要变成霓虹。

红的、橙的、黄的，像调色盘被打翻，云雾都成了天际流淌着的彩色小溪，淌着、淌着……

梦，就快散了。


回酒店后，杨嘉一给胡蝶喂了药。

关上房间的灯，他走到阳台外，关上推拉门，握着手机和陈子卫发消息。

陈子卫：导演那边审批通过了，钱一会儿给你打到卡上。和胡蝶好好玩。

杨嘉一：谢谢。最近要是有什么活，也可以帮我留着，我带了电脑，可以简单处理一些，然后你那边编曲就行。

陈子卫：白天陪胡蝶晚上工作，你不要命了？

杨嘉一：……偶尔而已。

陈子卫：哦。

杨嘉一笑起来，摁住语音按键发消息："谢谢哥，回去请你吃饭。"

陈子卫发了一个salute（敬礼）的小猫咪表情包：你能拿下胡蝶这尊大佛，该我请你吃饭。不聊了，你俩都注意身体。

陈子卫是在杨嘉一突然加班加点挣钱那阵知道胡蝶得癌症的事儿的。

那时候杨嘉一跟不要命一样，早上刚卖出去曲子，下午就去金店买了一枚钻戒。

问他向谁求婚，结果他直接来了一句"买给胡蝶随便戴戴"。

谁家拿五六万的婚戒随便戴戴？

后来胡蝶情况糟糕，杨嘉一也熬了好多个大夜脸色难看，陈子卫仔细一盘问才知道这回事。

他恨知道得太迟也没用，于是此后能帮上什么忙就帮什么忙。


半夜胡蝶口渴，摸黑起来找水喝，好不容易找到拖鞋穿好，睡眼蒙眬看到门缝间有光亮。

她悄悄打开门，才发现杨嘉一点着小夜灯躺在客厅的沙发上睡着了。

指针嘀嗒走着，桌面上的电脑屏幕还亮着，是一个看似简单却又很复杂的编曲系统。

仔细听的话，音乐声还没有关，曲子像是泼墨山水，从隐秘的一角流泻出动人的暧昧。

一段曲调不停循环，胡蝶站在那里听了一遍又一遍。

酒店远处依旧有人在放烟花。

有的烟花飞得远，炸得高，胡蝶在落地窗前也能看见。

胡蝶在小吧台倒水也没吵醒杨嘉一。

房间内悄无声息，胡蝶蹑手蹑脚地走向阳台，站在外面欣赏月色。

站在这儿可以看见怀会山长长的山脉，上面布满了山灯，每隔几米就有一处，离得远，反而觉得山灯都连在了一起。

去哪里找这么长的灯线呢？她想啊想啊，从山神与兔子，想到了那一方小小的牌匾，想到了自己尽全力奔向自由的小时候。

夜风潮湿，却沁人心脾。

她不想活的时候，那么多人拼命让她活。

可现在她好想活着……

没什么可能了。

肩上被人搭上一条薄毯，胡蝶从深陷的故事里挣脱出来。

"我吵醒你了？"胡蝶把自己的手放在杨嘉一伸出的掌心上，问他。

"没有。"杨嘉一的眉头都快扭成麻花了，"怎么在外面吹风？着凉怎么办？"

胡蝶顺着他手上的力度钻进他的怀抱里取暖，抽抽鼻子："杨嘉一……"

"嗯？"

"我发现我好像很喜欢你。"

"你才发现呀？"

这个世界上有很多一见钟情的爱人，也有很多经年累月相伴却各有所爱的夫妻……

她和杨嘉一是哪一种？

他们是注定会生离的爱侣。

她在很多个夜里问自己爱谁，为何要爱？

可这个"爱"字，又是人一生难解的命题。

她爱杨嘉一，爱到想活下去，陪他走到人生尽头；她爱杨嘉一，爱他唱歌时难以掩盖的自由灵魂，她想拥有；她爱杨嘉一，爱他对自己的深爱。

到头来，对于她而言，凡所有相，皆是虚妄，是时也，命也。

胡蝶的手臂攀上杨嘉一的脖颈，松松环住。

她在风中流泪。

杨嘉一吻去她的泪珠，问她为何落泪。

胡蝶不言，只有腕骨缠绵。

又一簇烟花在空中绽放，白得刺眼。

有星星从黑沉的夜幕中坠落，拖着长长的尾巴，像欲火的蝶。

破茧后，等待她的，是再也不会升起的黎明。

第八章 · 死生作妄， 生死难成

杨嘉一， 下雪了

01

往后几日，杨嘉一见到胡蝶，总像是耗子见到猫，能躲就躲。

胡蝶由着他去，刚刚破壳的小鸡崽，见到新世界总是会犹豫不决。

每当到了胡蝶该吃药的时候，杨嘉一就会带着药磨磨蹭蹭地来找她。

两人在西宜市走走停停，能溜达的都溜达完了。

胡蝶也不晓得杨嘉一最近在做些什么，白天还好，一到傍晚就电话不断。

这天，两人正在小吃街觅食，杨嘉一一只手拉着胡蝶，另一只手拿着手机和人聊天。

"聚酯类的比较环保，实在没有的话，PVC 的也行。"杨嘉一蹙着眉头道。

胡蝶撒娇道："我吃不完了。"

杨嘉一点点头，"嗯"了两声，又抬手接过胡蝶递来的糖葫芦，将手机扣在胸口，回她："小祖宗，我来消灭吧。"

胡蝶笑嘻嘻地转身又去寻找另一种美食。

"先不聊了，能做多少就做多少，一会儿给你账户汇款。"杨嘉一说完挂断电话，立即阻止正要去臭豆腐店里的胡蝶。

"不能吃，"杨嘉一少有的脸色深沉，"你忘记昨晚胃痛了？"

胡蝶眨眨眼，伸出一根手指："就一口？"

昨晚胡蝶胃痛吓了杨嘉一一大跳，远在安城值夜班的洪主任都接到他的连环夺命 call，后来差点要叫救护车时才发现胡蝶可能是白天吃太多，撑着了。

杨嘉一手上还拿着糖葫芦，肚子里可能还有没消化掉的各类小吃，他的灵魂已经缴械投降："小祖宗，你不希望今天晚上我的胃痛吧？"

胡蝶闻言，小手伸到他肚子上顺时针揉了揉："摸摸小肚子，今晚不发愁。"

"行。"杨嘉一扬了扬下巴，"买小份的吧。"

"好耶。"胡蝶踮起脚，亲了杨嘉一一口。

人来人往中，杨嘉一看着胡蝶的背影，只觉得他们不再是孤岛。


从小吃街走出来，两人漫无目的地散步，顺着人流的方向往前走。

夜幕低垂，天上的星星忽而闪烁一瞬，又归于黑暗。

胡蝶小声惊呼："是游乐场哎。"

杨嘉一先是低头看了她一眼，而后又看着售票口处不是很多的人群，问道："玩吗？"

胡蝶"嗯嗯"两声："安城的游乐场从来都没有在晚上营业过。"

"困吗？"杨嘉一牵着胡蝶一起过去买票，"要是不困，今晚多玩一会儿。"

"好呀。"

的确难得来这里，这也应该是胡蝶最后一次来 S 省了，总得留点刻骨铭心的记忆。

买过票，胡蝶拿了一张园区地图，带着杨嘉一直奔过山车、大摆锤之类的"刺激战场"。

虽说胡蝶心底有些发毛，但是来都来了，总不能临阵脱逃吧！

杨嘉一站在过山车的检票口，问胡蝶："真要去？"

胡蝶一哽："对、对啊！"

"行，"杨嘉一点点头，"那走吧。"

正巧上一轮结束，有些游客解开安全带就往下跑，有捂着心口的，有趴在角落的垃圾桶上吐个不停的。

这对于胡蝶来说又是一个冲击。

奈何先前夸下海口，此时她只能硬着头皮上场。

杨嘉一牵着她，和她坐在同一排。

工作人员走过来帮忙系安全带的时候，杨嘉一还专门说："麻烦帮她系紧一些，她有点瘦。"

　　"没问题。"

　　胡蝶被安全带勒得紧紧的时候，杨嘉一的手也伸了过来。

　　他们坐在第二排，第一排也是一对小情侣，过山车还未正式开动，两个小年轻就开始尖叫。

　　周围的人群哄闹了一下，紧接着，还没等大家反应过来，过山车就像是离弦之箭一般飞了出去。

　　胡蝶的尖叫都卡在了喉咙里，她只能把注意力放在和杨嘉一相握的手上。

　　在座椅颠倒之后，胡蝶感觉自己仿佛无法呼吸，心脏突突狂跳。

　　在天旋地转当中，她以为自己就会这么死掉。

　　从过山车上下来后，胡蝶蹲在花园里，努力抑制恶心的感觉。

　　杨嘉一带了一瓶水过来，扭开盖子，喂了她一小口。

　　"去玩旋转木马吧？"他问道。

　　胡蝶咽下水，拍拍自己的裤脚："不要小瞧我！"

　　"好。"杨嘉一失笑。

　　在这个晚上，杨嘉一陪着胡蝶从海盗船玩到跳楼机，两个人的全部精力仿佛都要送给这场属于夜晚的狂欢。

　　他们肆意笑着，牵着手闯过一个个引人尖叫的项目。

　　杨嘉一以为，这就是永恒。

回到酒店，杨嘉一将胡蝶从背上放下来，慢慢抱到床上去，给她盖好被子。

他在洗漱间浸湿了洗脸巾，而后又顺着胡蝶的脸颊仔细擦拭。

胡蝶嘟嘟嘴，察觉到了脸上有东西擦来擦去，哼唧了一声："痒死了。"

杨嘉一轻笑道："小猪睡得可真香。"

说完，他又在她嘴上亲了一口："晚安。"


翌日一大早，杨嘉一就在联系郏市的潜水俱乐部。

胡蝶起得也早，听到杨嘉一打电话的内容，随后缠着他一直问："要去潜水你怎么不早和我说？我准备准备呀！"

她抱着杨嘉一的胳膊，眼睛瞥着他手机，妄图从他的聊天记录中找到蛛丝马迹："你什么时候联系的？"

"先前我不是就和你说过？"杨嘉一挑眉，将手机给她，"上山下海我都要带你去。"

胡蝶恍然大悟，"哦"了一声，随意翻了翻记录："我还以为你忘记了。我都快忘了。"

杨嘉一将胡蝶轻轻抵在沙发上："遗忘小猪还敢说不是你？"

胡蝶笑着挠他痒痒："谁说的？我不承认！哪儿有遗忘小猪，我怎么不知道？"

"这里不就有一只？"杨嘉一低下头，和胡蝶的额头抵住。

杨嘉一偶然在医院儿科门诊处见到过婴幼儿和亲人之间的互

动,两个人的额头互相碰碰,那一刻,对方的眼神中都是自己的模样。

他也这样做,只因为胡蝶是他最为亲密的人。

两个人在沙发上闹了一会儿,到了中午的时候,杨嘉一去收拾行李。

两个人在酒店大堂退房,没过多久,就有接驳车送两人去火车站。

在川流不息的人间,多的是为生活为家庭奔波忙碌的人。

本来杨嘉一害怕胡蝶会因为拥挤身体不适,没想到胡蝶居然放弃了舒适的大巴,乘坐了火车。

两个人的座位紧挨着,是个三人位。

胡蝶的位子靠窗,杨嘉一的右侧是一位回乡的外地务工人员,他拎着大包小包找位子的时候,杨嘉一起身帮他架了两个行李箱。

火车行驶后,三个人开始聊天。

胡蝶看着周围大包小包的衣服和零食,问大叔:"您一个人提这么多东西吗?"

大叔憨憨一笑,抱着自己的塑料杯灌了一大口水:"没有,媳妇儿和娃在硬卧那边呢,我想着他们娘俩拿行李不方便在车上睡觉,我能拿的就都拿了。"

闻言,胡蝶喉头发酸,笑了笑。

大叔将包里的一些小吃分给周围的人。

胡蝶戳了戳杨嘉一,将他手上拿着的包翻开,取出几包提神的茶叶,还有奶茶:"叔叔,这个很好喝,拿着吧!"

大叔连忙摇手拒绝："这包装这么好看肯定很贵，不了不了，凉白开也挺适合我的。"

杨嘉一帮忙把东西塞过去："叔叔，您就拿着吧，给您妻子和孩子也可以。"

大叔拗不过两个人，又看着胡蝶瘦瘦弱弱的，接过奶茶道谢。

火车和动车不同，哐唧哐唧的车轨声是回家的歌，呜呜的汽笛声是送别的曲。

胡蝶抿唇笑了笑，靠在杨嘉一的肩膀上，望着窗外忽而黑暗忽而敞亮的风景。

每过一段昏暗的隧道，胡蝶都会惊叹世间万物的美妙。


西宜市和郏市相隔不算太远，火车一个小时就到。

两人下车的时候，大叔和他们告别。

胡蝶也摆摆手："提前祝您新年快乐！"

郏市今日晴，无风，天色蔚蓝，一望无际的蓝像水彩洇开的画卷，径直铺到世界尽头。

两人先去潜水馆附近找了一家酒店入住。

潜水馆附近有一片海，不过是人造海。

海边的沙滩倒是能去逛逛，晚上还会有夜市摊。

杨嘉一先让胡蝶睡一会儿，自己则出门办事。

胡蝶一觉睡醒，都到了晚上八点。

她打开房间门，没见到杨嘉一，不知道去哪儿了，打了两通电话他才接。

"喂？"

他那边有非常明显的海浪拍打礁石的声响，胡蝶一愣："你在海边？"

电话那头窸窸窣窣的动静响了片刻，而后杨嘉一清润的声音才出现："没有啊，等会儿你想吃什么？我给你带。"

"杨嘉一……"胡蝶咬牙切齿，"不要妄想骗女人。"

杨嘉一在电话那头失笑："骗不过你。"

他叹了一口气，说："我在潜水馆和负责人商量一些事情，现在已经上岸了，马上回。"

"你偷偷潜水！"胡蝶开了免提控诉他，顺便穿上衣服，"你不许动！我要来找你！"

"那你慢些，我在潜水馆门口等你。我们一起去吃饭。"杨嘉一轻声细语地哄着胡蝶。

这头胡蝶的动作慢了下来："我们吃什么？"

"刚听潮哥说附近夜市摊开始营业了，去不去？"

"去！想吃铁板鱿鱼！"

"好。"杨嘉一拖着长长的调子回应。

"还想喝点啤酒！"

"这个不行。"

"求你啦！"胡蝶拾起电话，检查了一下屋内的电源是否关闭，随后出门。

"撒娇没用。"杨嘉一毫不留情地拒绝。

杨嘉一也往酒店的方向走，来迎胡蝶。

胡蝶见到他，"哼"了一声："最近秘密挺多呀，小杨同学。"

杨嘉一揽住她的肩膀，带她去吃饭："明天你就知道啦。"

潮哥是潜水馆的创办者，借着外面有海却不能游的劲头，馆里的事业红红火火，连着开了好几家连锁店。

杨嘉一和胡蝶两人过去的时候，潮哥已经占好了位子，还点了一大盘烧烤。

胡蝶跟着杨嘉一叫"潮哥"。

潮哥一笑："哟，妹子这样就见外了。"

胡蝶笑了："指不定我比你大。"

两人凑在一块儿算了算年纪，胡蝶果然成了大姐大。

三个人的称呼兜着圈来，最后还是潮哥妥协了："杨哥，叫他杨哥行了吧？"

几人笑作一团。

夜市摊开在沙滩上，脚下是软绵的细沙，周围都是哄闹的人群，划拳、掷骰子等声音在胡蝶耳边回响。

"喝酒吗？"潮哥开口问，"来邯市不得喝几箱尝尝？"

胡蝶连连点头："要喝要喝！"

杨嘉一脸还没板起来，胡蝶就猛地起身亲了他一口。

"干什么呢，还没开始喝酒呢，就亲上了？"潮哥表示没眼看。

胡蝶嘴角上扬，接过潮哥递过来的啤酒："这个算是安抚，不然他一会儿会麦毛。"

"杨哥属什么的？还麦毛？"潮哥手速快到离谱，没两下就将一箱啤酒全开了，"喝吧，哥今天请客。"

烧烤摊旁边是一片浓密的小树林，有人追逐打闹，钻了进去，笑声回荡在林子里。

在某一瞬间，似乎可以听见不远处的海浪声。

胡蝶轻轻抿了一口啤酒。

自从那次在酒吧遇见杨嘉一后，胡蝶就没有喝过带有酒精的饮品。

这次却破例了。

胡蝶拿起自己的瓶子，和杨嘉一的轻轻碰了碰。

"干杯。"

杨嘉一掀起眼帘看了一眼胡蝶，抿抿唇，似乎还在怄气。

"杨嘉一，"胡蝶撑着脑袋，看向他，"想开点，生命有时候就是一杯酒，干了，就当是肆意痛快地活过。"

杨嘉一低头垂眸，遮住自己泛红的眼尾。

潮哥已经喝大了，坐在那里翻着通讯录，一个个打骚扰电话。

胡蝶站起身，对杨嘉一说："吹吹海风吧？"

杨嘉一："好。"

胡蝶先去小摊老板那里结账，随后和杨嘉一一起慢慢悠悠地走到海边。

海里的生物泛着淡淡的蓝色，随着浪慢慢涌到岸边，而后又退回去。

没有海水的潮湿咸腥味，只有轻缓的风和明亮的星陪着两个人。

杨嘉一踩着胡蝶的脚印走。

胡蝶越走越快，最后跳着跑远，地面上的脚印也不成形状。

他跟不上胡蝶的脚步了。

他站在原地平复了很久气息，再次往前走时，胡蝶冲过来。

胡蝶说话带着哭腔："杨嘉一，你一定要好好唱歌！变成大明星！一定要写好多好多歌！大街小巷都要唱你的歌！"

话音刚落，胡蝶扑进杨嘉一的怀中，像个没长大的小孩子。

这一夜，一个缄默不语，一个洒泪成珠。

杨嘉一弯腰，轻轻吻掉她的眼泪："胡蝶，我们都不要哭。"

"好。"

"哭，是给上天看。上苍不公，哭也没用。"杨嘉一扣住胡蝶的脑袋，一下又一下地安抚着。

在这个晚上，胡蝶给杨嘉一讲了一个故事——

关于自己的一头长发，关于自己和杨平暮，关于她那惨痛而又不值一提的青春。


你还记得《查颜观色》吗？

写的是我自己。

从另一种角度来说，陈查就是我。

我的记忆力不算特别差，直到现在，我都能记得三岁时的事情，

204

有些是碎片，有些是一整天的混乱。

我是有亲人的。

有爷爷奶奶，有外公外婆，有爸妈。

但我只是一个意料之外的"惊喜"。

我是头胎，再生就要罚款。

而我父母还是冒险生了我弟弟。

有了弟弟，我仅有的那点存在感消失得一干二净，还成了家人的眼中钉骨中刺。我的存在，让他们终日提心吊胆，我让他们觉得他们在违法，我在他们眼中只是一沓钞票。

我提心吊胆地活着，时时担忧他们会不会偷偷把我扔掉。

直到某一天，他们终于把我卖掉了。

那时候，我刚满四岁。

那之后，我的记忆都是碎片化的。

我不记得买我的是谁，是男是女是胖是瘦。

我哭，可哭也没有用。

再后来，买我的人带我去换粮票，我就走丢了。

在街头，我饿了四天肚子。

昏过去之前，我遇到了妈妈。

妈妈姓毛，在郊外闲置的地皮上勉强盖了房子，开了一家孤儿院。

她的亲生女儿走丢了，她总念叨着好心会有好报，希望走丢的女儿也会有孤儿院收留，不至于吃不饱穿不暖。

我来的那天，孤儿院的小孩被领养得差不多了。

后来，有一户人家来询问我是否有人接走，妈妈很吃惊。

我那个时候已经有记事的能力，院里有更小一点不记事的孩子，可是那户人家依旧选了我。

他们说一堆小毛孩中，只有我出落得标致。

我很开心，直到那天我午觉睡醒，发现我的头发被人剪断，散落一地的头发参差不齐，像极了巨大的毛毛虫趴在地上。

来接我的人看着我，又看着不知道什么时候收拾得漂漂亮亮的小红还是小绿，毅然改了选择，领走了那个漂亮小孩。

他们和院长说，说我太有心机，不能久留，不愿意有新家就算了，还对自己的头发下手。

我找到妈妈房间里的镜子，很认真地看着自己的头发。

太丑了，丑到我都不想在这个世界上活下去。

好像从那之后，我就对我的头发产生了执念。

我害怕断发，害怕一切有损头发的事情。

后来我想明白了，或许那个小红还是小绿知道妈妈要死了，没有人为她安排新家，她害怕再次成为孤儿，所以再怎么样都要离开。

那是我第一次看透人性。

但我终究看不破。

后来，我一边打工一边省钱，能租房、能写书、能自给自足后，我开始念书。

就这样一步步爬上去，我一直在给自己造登云梯。

封如白……

他让我看破了人情世故。

为了工作，为了一本书的去留，他可以装作很爱一个人的样子。

要不是那天我偶然见到他投屏的微信聊天页面，我是不可能发现他一直在做戏、一直在骗我的。

从那之后，我好像就不怎么相信别人了。

独来独往也没什么不好的。

再后来，我想死的那天晚上，遇到了你。

兜兜转转，是人，让我不信爱，也是人，让我相信爱。

只是人生短短二十九载，只让我懂得了一句话：

固知一死生为虚诞，齐彭殇为妄作。


02

也许真有来生。

胡蝶半夜醒来，回想自己做的这一场梦。

梦里，杨嘉一搂着她躺在席梦思上。后来，他们走上了婚姻殿堂，慢慢携手变老，身边还有一对小孩儿。小孩儿抽苗似的迅速成人。她与杨嘉一站在那里，看着孩子们成家立业。

后来，一道闪电划过……

胡蝶醒来。

杨嘉一在她眼前，可她触摸不到半分他的灵魂。

她感觉得到，自己的健康正在急速消耗，她能陪他多久呢？

再多一天也好。

难得胡蝶没有困意，睁着双眼等来了天亮。

胡蝶见杨嘉一的眼睫毛开始颤动，轻轻落了一吻。

"这么早就醒了？"杨嘉一含混着声音问她，继而揉了揉自己的眼睛。

"嗯，今天精神超级旺盛。"胡蝶提想法，"陪我去一趟理发店怎么样？"

"嗯？"杨嘉一彻底清醒过来，想起昨晚翻行李箱发现胡蝶很久没动的护发产品，不由得问，"怎么突然想去理发店？"

"我想……"胡蝶用胳膊撑起身体，"剃个光头。"

杨嘉一将被子往上提了提，盖住胡蝶的脊背。

胡蝶补充道："昨天我和你说了很久，说完，我感觉自己的执念其实没有那么深。"

其实，她很想很想毫无执念地走。

"好。"杨嘉一翻身起床，先帮胡蝶穿上衣服，"一会儿吃完饭就去。"

"嗯。"胡蝶顺着杨嘉一的力度趴在他怀里，"让我抱一会儿。"

杨嘉一以为她是困了开始撒娇，安安静静地让她抱着。

胡蝶小声喘了几口气，等力气恢复才撑起自己的身体。

吃完早饭，胡蝶的体力恢复了一些。

经过潮哥推荐，两个人选了一家看起来挺靠谱的理发店。

一进门，就有店员相迎："小姐姐是洗头还是剪发呢？"

胡蝶："剪发。"

"是要哪种风格呢？"

店员正要去取造型书，被胡蝶拦住："不用那么麻烦，我……剃个光头就好啦。"

店员静默地看了胡蝶一眼，但还是保持着笑容："好的，小姐姐稍等。"

当嗡嗡作响的推子放在头顶时，胡蝶闭上了眼睛。

她感受得到掉落的头发从脸颊两侧滑过，很快，也感受到了泡沫在脑袋上涂抹，小小的刮刀在头上移动。

整个理发过程中，没有人开口，也没有人来询问。

很安静，安静到能听见发丝落在地上的声音。

"好了。"理发师用小刷子将胡蝶脖颈处的细碎头发扫走。

胡蝶睁眼，看见自己鸭蛋一样的脑袋，忍不住笑出声。

"咳咳……"杨嘉一在理发师身后站着。

理发师走开后，胡蝶才在镜子中看见杨嘉一的模样。

这下好了，两个鸭蛋。

胡蝶不停地掉眼泪，说话一抽一抽的："怎么你也变成光头了？"

杨嘉一走到胡蝶身边，弹了一下的自己头顶，又转手弹了一下胡蝶的脑瓜："两个光头看着才灵光一点。"

"胡搅蛮缠。"

"谁胡搅蛮缠了？你想想，要是在黑暗中，我只能看见你在发光，你看不见我怎么办？"杨嘉一小声逗她。

胡蝶抿着嘴，杨嘉一抽了一张纸巾帮她拭去眼泪。

杨嘉一说："好啦，不哭了，一会还要去潜水。"

胡蝶闷闷地"嗯"了一声。

她想去看看，昨日潮哥趁杨嘉一上厕所时告诉她的，属于她的惊喜。

潜水馆里的珊瑚，全都是杨嘉一在短短半个月之内设计、投资，不断试验后造出的人工珊瑚群。

她记得杨嘉一曾经说过，他们没法去国外看漂亮的珊瑚群。

所以，杨嘉一给她造了一片属于她的珊瑚。

潮哥说，那个珊瑚群还有个名字——

叫"永不失落的茧"。

可惜的是，胡蝶看不到那片珊瑚了。


一周前，胡蝶被邡市人民医院的专车送回了安城。

她晕倒在了潜水馆的更衣室里。

她的额角磕在更衣室的铁皮门上，划了挺长一道疤。

洪主任紧急抢救，勉强将胡蝶从死神手里抢了回来。

可后来，胡蝶再也没下过床。

不过杨嘉一听她的，再次住院将她安排在普通病房。

胡蝶昏迷三天，睁眼的时候，病房里只有一个患癌的小姑娘，叫小葡萄，她妈妈正给她喂饭。

胡蝶再一扭头，就见到杨嘉一趴在旁边睡着。

这一切，都好像一场梦呀。

天光乍亮，一切声响都震耳欲聋，仿佛灵魂早已出窍，只是还有执念……

房间一会儿热得人心焦，一会冷得人发颤。

杨嘉一每日变戏法般给胡蝶熬不同种类的温补粥，胡蝶偶尔能吃几口，后来再怎么想吃，胃里都会抗议，灼热得像是有烟火在燃烧。

医院只能给她打营养针，她那像竹竿一样的手臂短短几日留下了好多针孔。

胡蝶睡了醒，醒了睡，偶尔和病房里的人聊会儿天，这就算最大的活动范围了。

纱窗外的蝴蝶奄奄一息，它的触角已经被扯断，身体很重，挂在纱网上。


一顿饭的工夫，胡蝶再次被送进抢救室。

陈子卫得到消息立刻从公司赶来，陪着杨嘉一在外等着。

护士推开急救室最外层的门出来拿药，顺便将病危通知书交给杨嘉一签字。

薄薄一张纸，白得像雪，这是杨嘉一第四次面对胡蝶的死亡。

他颤抖着手签下自己的名字。

也许是因为他太过年轻，护士问他："她有没有直系亲属？"

杨嘉一摇头道："我就是。"

护士多多少少听说过胡蝶身边有个小男朋友的八卦，点点头，收好通知书又进了急救室。

红色的急救灯刺眼，像血。

杨嘉一闭着眼睛在心里向上帝、向佛祖祈祷。

再多一天，多一分多一秒也好，让他再见胡蝶一面，再给她做一顿饭，唱一首歌……

三个小时不长不短，急救灯灭掉的那一瞬间，杨嘉一衣服后背就像是被水浸染过。

胡蝶还没醒，陈子卫跟着推车先行一步回病房。

洪主任脱掉手术服，将杨嘉一拉到一边说话。

胡蝶的癌细胞已经扩散到肺部，每次抢救不过就是在尽量为胡蝶续命。

杨嘉一心脏狂跳。

洪主任摘下眼镜，用衣角擦了擦，然后拍拍杨嘉一的肩膀："就是这几天的事……唉，节哀。"

杨嘉一知道会是这个结果，但先前的每一刻他都存着侥幸。昨日的美好依然还能在眼前重现，今天……胡蝶就变成了死亡名单上的既定人员，变成了一只折断翅膀再也跨不过重重高山的蝴蝶。

胡蝶在床上安静地躺着，圆圆的脑袋像个鸭蛋。

两个人的鸭蛋脑袋贴了贴，杨嘉一悄声道："我们又躲过一次，真棒！等你醒来，我们再去游乐场。昨天你就说想去，是我没安排好，还害得你受罪。对不起呀，胡蝶。"

胡蝶的体温开始失衡，忽冷忽热的，所以杨嘉一一直注意着，在病房的柜子里放了冬夏两季的衣服和被子。

前段时间胡蝶会四季不分，穿着短袖在走廊上溜达，还好奇地问杨嘉一："怎么外面在下雪？难不成有冤案导致六月飞雪？"

杨嘉一牵住她的手，刮刮她的鼻子，带着宠溺说道："是，好大的冤案。"

"是什么？！"胡蝶眼睛亮闪闪的。

"有一个姓胡名蝶的姐姐，今天没有给她男朋友早安吻和午安吻。"

胡蝶最近脑袋反应慢，好一会儿才回过神："杨嘉一！你胆子好肥！"

杨嘉一带着她慢慢溜达到走廊尽头，趁着她还在喃喃细数他的过错时，低头吻住了她的嘴唇。

胡蝶的眼角轻飘飘地滑落一颗泪。

杨嘉一伸手抹去："不要哭，会变成丑八怪。"

胡蝶哼声："我们已经是了。"

杨嘉一笑了，用他的光头碰碰她的光头。

在清晨阳光出现的那瞬间，他拥抱住了面前的人。阳光和煦，外面正在化雪，风吹来很冷，可两个人的心滚烫。

地上的一对影子缠绵着，自私地紧扣对方，想要将对方融进自己的血液里，仿佛这样才是他们以为的永恒。

胡蝶睡着的那段时间，很多以前共事的朋友都过来慰问，包括封如白。

短短几个月，杨嘉一成长了很多，见到封如白，也只是清浅地点了点头。


胡蝶醒来已经是第二天的清晨。

很难得，今天是个好天气，外面没有下雪，只是很冷，可这也预示着中午一定会很暖和。

胡蝶睁开眼睛，看见杨嘉一趴在她旁边睡得正沉，她便没动，静静垂着眉眼看他，看他和自己同款的光头，看他高挺的鼻梁、红润的嘴唇……

她有些忍不住，想要拿手去描绘。

兴许是察觉到了什么动静，杨嘉一睁开眼睛看过来。见到胡蝶醒了，他连忙起身，照旧手足无措起来。

"醒……醒了？要吃点什么吗？我去给你做。或者喝点什么粥？你昨天就没吃，饿了吧？想吃什么？"

胡蝶摇摇头，胃里的火辣感已经渐渐消退，可这并不是一件令人高兴的事情。这其实代表着各器官的衰竭，甚至是新陈代谢已经停止。

"我睡着……的时候，听见你说要带我去游乐场。"

"想去？"

"嗯。"胡蝶点点头。

吸氧的软管不知道哪里出了问题，呼吸不通畅，她提了好几口气都说不出话。

杨嘉一站起身，给她重新调整了下吸氧机。见到她呼吸慢慢稳定后，他坐在床沿，捏捏她的手指："吃口饭再去？不然你饿晕了还得我背你。"

"行呗。"胡蝶粲然一笑，服软，"你力气大，听你的。"

杨嘉一摸摸她的额头，感受体温："你就是我的小祖宗。"

"小祖宗不好吗？"她问。

"好……"杨嘉一低垂着眼睛，没让胡蝶看见他眼里含着的泪水，"这辈子你都是我的小祖宗。"


下午胡蝶就能从床上爬起来了，整个人的精气神都比先前的好。

洪主任来查房，看到她的状态都忍不住夸了夸，不过没再提《屠戮都市》下册这回事儿。

杨嘉一喂胡蝶吃掉半碗白粥，榨菜是没有了，她现在禁止进食辛辣刺激、生冷不易消化的东西。

陈子卫接到胡蝶状态变好的消息，马上就来探望，手上还拎着一大盒蛋糕。

陈子卫一进门，就看见胡蝶窝在沙发上听杨嘉一弹吉他。隔壁床的小葡萄也呆呆地坐在床上，满眼憧憬地看着那把吉他。

缓缓流动的音乐仿佛有了生命力，环绕在这一行人身边，不断旋转、盘桓。

他倒有些不忍打扰。

杨嘉一看到陈子卫进门，也只是微微颔首示意，手上却没停。这是他在胡蝶面前定下的规矩，一首歌不弹完不唱完就不圆满，因为知道她不喜欢月的残缺昏暗、歌的断曲残句。

陈子卫放下蛋糕，也凑在一起听。

这首歌应该是杨嘉一写的新歌，工作室的人都没听过。目前他也只是简简单单填了词，一边琢磨一边哼唱。

一首歌罢，杨嘉一见到桌上的蛋糕，有点疑惑，问陈子卫："怎么买蛋糕了？你过生日？"

陈子卫倒是把目光转向沙发上的胡蝶，对她说道："你看看，忙到自己生日都忘了。"

胡蝶缓了缓，慢慢支起身子坐起来，靠在杨嘉一搭过来的手臂上，等到力气缓过来后，她才开口回应："的确，最近你们都辛苦了，又要工作又得来照顾我。"

陈子卫"哼"了一声："那可不是。"

杨嘉一也跟着笑，侧头望着胡蝶："严格算起来，应该是今天晚上。"

胡蝶呼吸微微一滞，转瞬间又扬起笑脸："提前过嘛，过生日宜早不宜迟。"

"哪儿听来的？"杨嘉一将胡蝶搂在怀里，抱起来走了几步，把她放在她的病床上。

隔壁床的小葡萄也望过来，很羡慕地看着桌上的那个大蛋糕："胡蝶姐姐，是小杨哥哥过生日吗？"

小葡萄的家里人去上班了，她前几天动的手术，正在恢复期，胡蝶这边偶尔也能帮忙照应，所以今天就她一个人在这里听歌。

"对呀。"胡蝶向她招招手，"过来和姐姐坐一起。"

胡蝶将小葡萄环在身前，轻声问道："上学的时候你有没有学祝福语？"

小葡萄点点头："学过，过生日要说福如东海，寿比南山！"

众人笑倒一片，就连刚进门的洪主任都没忍住："这祝福词用得好！"

"胡蝶姐姐，这个成语用得不对吗？"小葡萄挠挠头，很是不解。

胡蝶将她搂在怀中和她解释。

杨嘉一和陈子卫正在拆蛋糕，洪主任进来也只是看看胡蝶的情况。杨嘉一将洪主任留下，大家一起唱了生日歌，又分了蛋糕。

蛋糕很大，还是两层，杨嘉一便将洪主任科室的人都叫来解决。

蛋糕可谓是一块不落，清理得干干净净。

"这个可是个好兆头。"胡蝶没有吃蛋糕，只是鼻尖刚被杨嘉一抹了一块奶油，加上胡蝶穿的白色的毛绒衣服，现在看起来像个小丑雪人。

"小胡神算又上线了？"杨嘉一调侃道。

胡蝶歪头哼笑一声："这预示着你新的一年干干净净启程，荆棘已过，前程坦荡。"

说完，她又补上一句："你爱信不信。"

"我信，"杨嘉一抽了一张湿纸巾，将她鼻尖的奶油擦掉，又趁着陈子卫转身，偷偷在她鼻尖亲了一口，"你说的我都信。"

"哎哎哎，虐狗了！"陈子卫转过身，控诉道，"亲的声音那么大当我聋呢？"

杨嘉一："单身狗？"

胡蝶："你不是自诩黄金单身汉？"

陈子卫："……"

热恋期的小情侣一同上阵果然是杀伤力巨大。

陈子卫待了一会儿就回工作室了。

电视剧作曲那边目前不急，杨嘉一便请了一段时间的假。

陈子卫最近又接了几个单，甲方那边点名要他做音乐监制，他也是热锅上的蚂蚁急得团团转。

临走的时候，陈子卫终于想起来胡蝶上次在他工作室录音间遗落的钢笔——这支钢笔还是在公寓楼时，两个人一起记曲子用的。后来公寓楼起火，陈子卫只来得及抢救出门口的一筐文具。再后来，他就将这支钢笔留给胡蝶当纪念。

"没想到你还留着呢？"陈子卫将手里的钢笔摩挲了一会儿才递给杨嘉一。

胡蝶已经窝进被窝里，逗他："没听说过文人长情？"

陈子卫佯装抖了抖身上的鸡皮疙瘩："算了算了，你还是对杨

218

嘉一长情去，你这文人挥墨能压死十个我。"

"你知道就好。"杨嘉一淡淡补刀，端了水，放好吸管，递到胡蝶嘴边让她喝。

"行呗，我这个电灯泡走了。"

胡蝶叫住他："陈子卫。"

"啊，干吗？"陈子卫的脚步顿在门口。

胡蝶吞咽略微有些困难，想要说的话在嘴边滚了滚，依旧没能说出口，犹豫到最后，只能道："路上慢点。"

陈子卫手一挥："我秋名山卫神开车你还不放心？走啦。"

"嗯……"

杨嘉一将钢笔放进床头柜，他合上床头柜抽屉的那一瞬，胡蝶突然迷迷糊糊地开口："杨嘉一。"

"在呢。"杨嘉一转过身，把她头上的帽子戴好，哄孩子似的，"怎么啦？"

"晚上我们去游乐场玩好不好？"胡蝶已是困极，场地也记错了。

安城的游乐场下午五点半就关门停业，夜晚开放的游乐场只有西宜市才有。

杨嘉一却不忍拒绝，照旧在她睡前碰碰她的额头，小声回道："好。"

相较前几周一到晚上就下雪的天气，今晚的天气可以用"难得"来形容。

也难得胡蝶没有忘记去游乐场的事情，她安静地坐在那里，看着杨嘉一给她翻帽子、围巾、手套。

"其实我已经感受不到外面的温度了。"胡蝶想阻止杨嘉一的动作。

杨嘉一并没有停下，反而很固执地问她："要戴哪顶帽子？绒毛的这个，还是有兔耳朵或者熊耳朵的？"

胡蝶难以抉择，将决定权交给了杨嘉一。

"那就戴这个兔耳朵的，可爱。"

杨嘉一就像是包裹珍贵珠宝一样，将胡蝶一圈一圈围得像一个圆圆的汤圆。

"汤圆"抬头，很平静地说："今晚不吃药了好不好？"

杨嘉一正要取药的手一顿，良久，他才沉闷地应了一声。

胡蝶今晚的精神比往日都要好，只不过双腿还是没有力气，走不了路。她平常做检查都是在病房里，就算前几次的抢救也是杨嘉一帮忙把她抱到病床上。现在要出门，胡蝶还以为杨嘉一会用轮椅，没想到……

杨嘉一照旧半蹲在她身前，等着她慢慢趴上自己的后背。

已入深冬，廊下挂的红灯笼显眼无比，衬得医院里的树光秃秃的，一点儿生气都没有，一点儿也不吉利。

胡蝶在心里吐槽，手上搂紧杨嘉一，趴在他的背上和他闲聊。

"你说，我们会有下辈子吗？"

"会。"

"那下辈子，是你先来找我，还是我去找你？"

两人身上的羽绒服相贴太滑，杨嘉一将胡蝶往上掂了掂："不论你找不找我，我都会找到你。"

一颗晶莹的泪珠贴着杨嘉一的肩膀滑落在地上，变成渺小的存在，浸入地面，消散掉，再也看不见。

兴许是见到了许久不曾出现的月亮，胡蝶竟然还能想到几个月前的事情。

"那次在酒吧见到我，你是什么感觉？"胡蝶看见地上两人的影子，她的腿随着杨嘉一的前行悠悠地晃荡着，而她自己一点感觉都没有。

杨嘉一的脚步停了一瞬，而后又前行。他的声音顺着风，吹进胡蝶的耳朵里。

他说："我想，这个人一定是个骗子。"

"我喝酒上头，那段话听着确实很像一个骗子说的。"胡蝶说，"之后呢？"

杨嘉一自顾自无声地笑了，像是想到了什么美好的回忆："后来发现，你的确是一个骗子。"

"我骗你什么了？"

"骗了我的感情。"

谁也不会知道，在那之后，他们会过上从未想过的人生。


胡蝶精神很清明。

这是近一个月以来，她心里最舒坦的一天。

游乐场门口灯火通明。

经理坐在保安亭里，看见杨嘉一背着人过来，起身相迎："两个小时行吗？"

杨嘉一说："行。"

"除了海盗船、跳楼机、大摆锤这些危险系数较高的不能运营，其他的都可以。"经理从兜里拿出一张卡，"拿这个在后台启动就好了。"

"谢谢。"

杨嘉一进到游乐场就很沉默。

距离游乐设施还有一段距离，路面上多了一些照明灯，迷你、彩色的，顺着照明灯围出的路线行走，胡蝶很快就看见了旋转木马。

"你带我玩这个呀？"胡蝶笑着问。

"嗯。"

杨嘉一将她放在一匹白色的小马上，去旁边刷通行证。

嘀嘀两声，旋转木马开始运转。

杨嘉一小跑过来，坐在胡蝶身侧的一匹马上，静静地看着她玩。

内外圈的马匹运行速度不同，转了两圈，胡蝶坐的那匹马就将杨嘉一甩到身后。

杨嘉一的心脏从进入游乐场开始就没能安稳下来，一片慌乱，他总觉得胡蝶会随着这匹马越走越远。

想到这里，他长腿一蹬，从马上下来，走到胡蝶身边，寸步不离。

胡蝶笑说："我只是腿上没有力气，不至于手上也抓不住呀。"

杨嘉一用手碰碰胡蝶的脸，温热，不凉。

"我陪你。"杨嘉一回她，语气很固执。

就这样一圈一圈转着，胡蝶发现自己的身体竟然很轻盈，胃里长期坠痛的感觉消失得一干二净。

她没有说话，只是浅笑着，看着杨嘉一的侧脸。

不知道从什么时候开始，身侧的少年身材变得挺拔，像一棵小白杨，坚韧，为她遮风挡雨。

她虽然比他大九岁，但平常相处时她反而更像一个小孩，杨嘉一处处包容照顾她。

胡蝶催着杨嘉一长大，现在却要先走一步。

远处，浓重夜雾笼罩下的天空中，突然闪现了几束烟花。

淡蓝色的烟花在空中绽放，炸开后，是蝴蝶的形状，一只蝴蝶在空中散落成星，坠下的小烟火又在坠落的途中再次绽放，纷纷扬扬的蝴蝶坠入人间，坠入游乐场，坠入胡蝶的身边。

就像是那些蝴蝶来接她回家。

杨嘉一从胡蝶身后出来，手中多了一束花。

是花，也不是花。

那是一束用彩色卡纸叠出的蝴蝶，满满当当。

杨嘉一开口问道："烟花漂亮吗？"

"漂亮。"

"在我心里，你比烟花漂亮。"

"又说场面话。"

杨嘉一低头抿了抿嘴，再抬眼看胡蝶，眼中满是诚恳。

"你每叫一声杨嘉一，我就叠一只蝴蝶。直至今日，我们相识七十五天，你叫了我一百三十二次名字。"

他将叠好的蝴蝶花束递给胡蝶。

胡蝶接过。

在这个再平常不过的夜晚里，在他生日这一天，他在他心爱的女人面前，单膝下跪。

杨嘉一直接说："嫁给我好不好？"

胡蝶没有说话。

风悄无声息地吹过。

胡蝶微微弯下腰，将杨嘉一的帽子挪了一下，戴正，顺手又将他拽起来。

她没有答应，也没有拒绝，只是低头吻了吻那束蝴蝶花："感觉都能闻到花香。"

最小号的衣服能塞下两个胡蝶，可胡蝶的心里只能永远藏着一句不能说出口的承诺。

杨嘉一很挫败，不得不承认，他的确和网络上流传的那句话一样——

在最没有能力的年纪，碰上了最想照顾一生的人。

胡蝶与杨嘉一，隔着花束，在月下接吻。

杨嘉一又带着胡蝶在游乐场玩了其他游乐项目。

胡蝶和他说道:"你一定一定要坚持唱歌,等我死了,你在我坟头唱,我会按时听的。"

杨嘉一捏住胡蝶的手紧了又紧,隔着手套,似乎都能感受到黏腻的汗水。

"好。"杨嘉一答应她。

胡蝶咧着嘴笑,拉着杨嘉一在原地转了一大圈。兔耳朵长长的,在空中飞扬。

天空在旋转,胡蝶在旋转,留给她的时间也在加速前进。

最后,杨嘉一带着胡蝶登上了无人的摩天轮。

关上门,巨大的摩天轮缓缓转动起来,待升至顶空,大半个安城都能尽收眼底。

月光煮酒,层层路灯点燃人间。

胡蝶突然想起什么来:"今天竟然是平安夜……"

"是,"杨嘉一从对面起身,坐在胡蝶身侧,"你才想起来?"

"我好多年不过洋节了。"胡蝶轻声叹了一口气,脑袋顺势靠在杨嘉一的肩膀上,"今天也不下雪,感觉与节日一点都不沾边。"

杨嘉一笑了下:"也是。"

"我有点困。"胡蝶说。

杨嘉一眨眼,仿佛在隐忍什么,但是他又平静下来:"那……你靠在这儿先睡一会儿?下去了我叫你。"

座舱在夜空中如同摇篮,又轻又缓地晃着。胡蝶好像回到了婴儿时期——

她窝在母亲的怀抱里，听着不成调的歌谣。

母亲在哄她入睡，父亲在一旁唠叨。

转眼，爷爷奶奶敲门进来，格外小心温柔地捏捏她的手指，刮刮她的脸蛋。

……


醒来的时候，胡蝶在杨嘉一的背上。

他们已经走出游乐场，时至深夜。

胡蝶问："杨嘉一，现在几点了？"

"快十二点了。"杨嘉一听到她的声音，忍不住抽了抽鼻子，说话时还带着浓重的鼻音，"醒了？"

"嗯。"胡蝶微微喘息了一下，有些愣怔，"花呢？"

"放在保安室了，明天再去拿吧。"

"好。"胡蝶微微侧头，吻在了杨嘉一的耳后。

他欲转头，胡蝶阻止了。

"别回头，我好丑的。"

"哪里丑？我们胡蝶可漂亮了。"

胡蝶被逗笑，可是没有多余的力气转换气息。

她的手无力地垂在杨嘉一的身侧。

他有大好前程，未来璀璨，可以成为夜空里最亮的那颗星星。这样，她随时随地都能看见他在发光。

他在那样一个漫长黑夜，用一首歌拯救了她。他应该就是上帝指派给她的神，带着她走过她最怕的这个寒冬。

"冷吗？"杨嘉一问。

迎面吹来的风，胡蝶已经感受不到了，她的所有感官都在渐渐衰退。

她轻轻地说："杨嘉一。"

"我在。"

"能和你度过最后的冬季，我在地下也不会害怕了。"

杨嘉一有些哽咽，很久很久才"嗯"了一声。

"快要到十二点了。"胡蝶强撑着精力说，"你生日就要过去啦。"

杨嘉一的心脏就像被人用手捏碎了一般，疼得厉害："再睡一会儿好不好？"

胡蝶蹭蹭他的脖颈，摇头："我还不困。"

随后，胡蝶又说了一句没头没尾的话："平安夜就要平平安安的。"

一辈子都要平平安安的。

下午那会儿，杨嘉一在胡蝶睡着之后去了楼顶，在最初他们遇见的地方站了很久。

看到楼下救护车进进出出三四次后，他突然就想明白了他来这人间一遭的原因是什么。

看着高高的楼房，扁扁的轿车，横七纵八的蜿蜒小巷，他明白了自己与胡蝶之间横亘着的生与死早已变成天堑，他永远追不上胡蝶的脚步，永远也赶不上她的人生。

他什么都握不住。

蝴蝶终究要飞走。

杨嘉一背着胡蝶走到中心广场附近，那里有一幢老式钟楼，整点的时候会响。

他往那个方向走的时候，胡蝶却开口："我们，回家吧？"

杨嘉一沉默地转身，重新沿着路边走。

天空中飘飘扬扬落下雪花。

胡蝶感受不到，只能看着一片片雪落在地上，落在杨嘉一的帽子上，风一刮，他身上也是白色的雪。

落雪的簌簌声就像是蝴蝶扇动翅膀的声响。

蝴蝶努力倔强地拍打着被雪水淋湿的翅膀。

拍呀……拍呀……

"当——当——当——"

深夜十二点的钟声响起，悠长，在静谧的街巷里回荡。

胡蝶松了一口气，她熬过了最难熬的夜。

她的眼泪坠落在杨嘉一的衣领里，从他的脖颈滑进去，她道："好困呀……"

杨嘉一的脚步慢慢停止。

在夜风里，在越落越大的雪里，他听见胡蝶那小到可怜的声音——

"杨嘉一，下雪了。"

228

胡蝶以为自己最正确的选择是熬过二十四日的夜，死在二十五日。

　　可她不知道，对于十九岁的杨嘉一而言，他的青春随着雪落，已然结尾。


　　　　　　　　- 全文完 -

番外一（BE版）·囚蛾

我纵有三头六臂，也飞不过这座蝴蝶山。

就算没有胡蝶，我也飞不过。

*hudieshan*

——天啊，嘉一竟然要发专辑了！有签售，还是在安城！

——救命救命！在植物园！还是周末！我奶奶超级喜欢他，到时候一起去呗！

——好呀，好呀。


烈阳灿烂。

近十年来安城的冬季都未曾下雪。

杨嘉一从车上下来的时候，莫名崴了一下脚。

他自顾自地轻笑，颇像自嘲："这么不欢迎我啊！"

墓园的阶梯前些年修过，以前是黄泥巴地，每次杨嘉一来都会被泥浆祸害。

他坐在胡蝶的墓碑前，开玩笑地说："舍不得我？想给我留点念想？"

司机从驾驶位出来，将花束从副驾驶位取下，递给杨嘉一。

依旧是一百三十二只用彩色卡纸叠出来的蝴蝶。

他抱着蝴蝶花，一瘸一拐地往上走，拐了好几个弯，才在一片视野较好的地方看见胡蝶的碑。

她的墓前还放着上个月留下来的花。

照例，杨嘉一在胡蝶的墓前坐了下来，一边和她闲聊，一边将上个月的花一个个点燃，送到胡蝶那头。

墓碑很简单，用了毛石，不易风化。

上头用规整的楷书写着：

亡妻胡蝶之墓

立碑人：杨嘉一

十二年是一场轮回。

无论是生肖，还是命数。

"这周末，我要开一个签售会。"杨嘉一手上动作停滞了一瞬，"里面收录了十首歌，都是写给你的。"

杨嘉一自顾自地说着，活像一个傻子："你说的，我全都做到了。男女老少都很喜欢我的歌，你偶尔也可以听听。下个月我把专辑带来，给你送过去，你在那边也可以听……"

来时是烈日当空，不消片刻阴云笼罩，天幕一下就降了好几个色调。

"生气了？"杨嘉一盘着腿，语气有些委屈，"姐姐你好不讲理。"

胡蝶走后的第十年，杨嘉一照旧去看她。

那时他即将步入而立之年，事业小有所成。杨平暮顺着他的想法，什么都没催，只不过周围莫名其妙出现的亲戚借着由头胡乱给杨嘉一塞相亲对象。

或许是到了年纪，那天夜里，杨嘉一梦见了胡蝶。

那好像是他最后一次梦见她。

胡蝶仍旧坐在旋转木马的那匹白马上，和先前不同，她始终都没有回头。

"你该有自己的生活了。"

然后他看见白马越跑越快，快到他追逐不上后惊醒时，脑袋里唯一留下这句话。

此后，他每个月的二十四日来看胡蝶，都会被各种各样的事情困扰。

有时是一脚踩到泥坑，有时是一只鸽子的排泄物落在衣服上，有时候是崴脚……

胡蝶不想让他来了，是吗？

他在心里一遍又一遍地说不是。

"我大二的时候，就着手修建城南那边的植物园了。很可惜，培育了很多种芬芳的花，也没能引来一只蝴蝶。"

杨嘉一从口袋里拿出手帕，站起身，慢慢给墓碑擦拭灰尘。

"如果你想见我,可以来植物园。"杨嘉一伏在墓碑上,冰冷的石头和皮肤相碰,像极了胡蝶与他头碰头,"我一直等你。"

胡蝶走后一周,一封定时邮件传到了杨嘉一的邮箱中。

算是胡蝶的遗书。

信件中,有《屠戮都市》下册的全文,有她生前每年资助的孤儿院的名称,有她的遗产。

她说帮她把遗产都捐给孤儿院。

胡蝶在信件末尾说:希望你能好好生活、学习,成为大明星!很抱歉留你一个人在人世间,可是我们会有来世的,对吧?所以,你要认真过好每一天,最好能够慢慢忘记我,开始自己的新生活。人总要向前看,不是吗?

蝴蝶一直在,可胡蝶只能走到这儿了。

书出版了,写书的人却看不到了。

兴许是为了纪念胡蝶,那一年《屠戮都市》下册创造了出版界多年来没人破掉的销售纪录。


这个周末,难得天气寒冷。

受最近几年全球气温回暖影响,安城的冬季不再那么冷。可是在杨嘉一专辑签售这天,天罕见地阴了下来,东风呼呼地刮。

结伴前来的高中生远远看着杨嘉一,和身边的小姐妹感叹道:"好帅呀!"

"你别想了,人家有老婆的。"闻言,另一个扎着马尾的女生耸了耸肩。

先前开口的女生突然想起什么，和身边人接着聊："听说他老婆死掉了？"

"对啊，之前记者不是以为他每个月二十四日抱着花去约会吗？谁知道他是去墓园。"

"那好可惜。"女生收回视线，"那你知道他老婆是谁吗？"

"胡蝶啊！"马尾女生翻出手机，"今年网络作家金书奖获得者，她好像已经连续三四年是第一了。"

"她写的书这么多人看呀？"

"前几年你熬到深更半夜都要看的电视剧，就是由她的书改编的。"

"哦！"

马尾女生关掉手机，感叹了一句："命运捉弄人啊。"

杨嘉一爆火的那年，他的名字隔三岔五就会登上热搜。

名人嘛，最不缺的就是陈年往事。

大家顺着网线扒拉，没想到扒拉出他早年间和已故作家胡蝶的恋爱关系。

他对于这段感情很坦然，被发现了也不藏着掖着。

不过问的人太多，隔三岔五就有采访，杨嘉一就出了一本很薄的自传。

他的文笔不如胡蝶，可是字字句句全都倾诉着对胡蝶的想念。

他说他来人间这一程，虽有光芒加身，可终究心上缺了一角，身边缺了她。

那本自传一年加印好多次，后来杨嘉一也签了一些签名书。

每一本签名图书的扉页，"杨嘉一"的"一"字上都有一只振翅欲飞的蝴蝶。

今天的专辑签售也是。

原本公司是不想让杨嘉一开签售的，战线拉得太长，加上是周末，一天签完估计手就报废了。

可是杨嘉一却仍然坚持。

时间长一些也好，他可以慢慢等胡蝶来。

杨嘉一从早上签到中午，因为签得慢，手腕不是很疼。中午简单吃了一些饭后，他又坐回去签。

每个人都有排位号，如果一直等在那里很无聊，可以凭借排位号去植物园免费游览。

下午，一个小男孩拿着排位号和专辑，踮踮脚，将专辑放在杨嘉一面前。

杨嘉一看了他一眼："你是一个人来的吗？"

小男孩摇摇头："不是，我是和妈妈一起来的。"

"那妈妈呢？"

"在那儿！"

杨嘉一抬头看过去，一个身穿毛呢大衣的女人正往这边走来。

那分外眼熟的人，是李欣悦。

时间一晃，转眼间她的孩子都这么大了。

杨嘉一摇头，轻笑一声："好久不见。"

李欣悦站在那里有些局促不安："嗯……好久不见。"

小男孩打断两个人："叔叔，我奶奶很喜欢你的歌，但是她今天来不了。您可以帮我签一个'祝奶奶身体健康，福如东海、寿比南山'吗？"

杨嘉一点头："可以。"

字随墨落下，杨嘉一恍然间觉得自己还在十二年前。

小葡萄窝在胡蝶怀里，众人笑作一团。

福如东海、寿比南山……

李欣悦始终不曾靠近，小男孩一个人抱着专辑，走到她身边："妈妈，我们走吧。"

杨嘉一知道她仍旧对那几万块钱耿耿于怀，看着她，很坦然地说道："过去的事情，可以忘记了。从某种意义上来说，你还是我和胡蝶的媒人。遗憾的是，不能请你喝喜酒了。"

他早已经释怀，只不过胡蝶对他来说，终究是不会再圆的月亮。

李欣悦匆忙点头，拉着孩子走远了。

小男孩很高兴，蹦着蹦着，就看见植物园拐角处恒温玻璃罩下的桃花花苞上落了一只斑斓的蝴蝶。

蝴蝶正挥舞着翅膀，妄图引来一阵春风。

"妈妈！你看！是蝴蝶！"

杨嘉一正巧签完名，正在勾勒蝴蝶的形状。

隐隐约约听到小孩的声音，他的笔尖停顿。

"抱歉，稍等一下。"

他急忙起身，往小男孩的方向追赶上去。

那一段路，或许是他人生长跑中最远的一段路。

他跑啊跑啊，永远跑不到尽头。

冬天的安城，桃花不会开，那他就让桃树重新在安城安家。

蝴蝶不会来，他就建一座植物园等它来。

他看见了，那只蝴蝶扑扇着翅膀，安然无恙地栖息在树枝上。

他不敢靠近，怕它飞走。

该做些什么才能挽留它，挽留她再多驻足一会儿，再多看他一眼……

小男孩也停留下来，看着难以在冬季见到的蝴蝶。

片刻之后，他惊呼："妈妈！蝴蝶飞走了！"

在这个很普通很普通的冬日里，杨嘉一见到了蝴蝶，又眼见它飞走。

"你一定……一定是回来看我的吧……"

风刮得急，灌进他的喉咙里，太刺骨了。

对于杨嘉一来说，这不只是一只飞走的蝴蝶。

"妈妈，叔叔怎么哭了？"小男孩小声问道，揪着妈妈的衣袖，很是不解。

李欣悦抬头望天，惨淡一笑，再转头回来的时候，脸上已经重新撑起笑容："你以后就会懂了。"

就像……你会长大，会拥有一个长长久久驻扎在你心上的女孩，会组建一个新的家庭，但你会失去奶奶，会失去妈妈，会失去你最亲最爱的人。

这就是你长大的代价。

可每个人付出的代价是不一样的。

杨嘉一撑着身体，极力平复着呼吸，可终究做不到。

他像一个孩子一样哭得撕心裂肺，可是没有人能来安慰他，谁也不能。

如同那日，将浑身僵硬冰凉的胡蝶推进焚化炉时，他落在她眉尾的吻一样。

这是无解的爱。

杨嘉一如胡蝶期望的那样，成了业界数一数二的音乐制作人。行内人送他一个"蝴蝶仙"的称号，来不见人，去不见影，曲曲成名，字字锥心。

他的才华是众人钦羡的存在，但他的爱不是。

镁光灯环绕、紧锣密鼓的行程采访、无数的获奖舞台，渐渐将他的日子填满。

公司职员私下都在咬耳朵。

"老板都快四十岁了，怎么还不找老板娘？"

"一看你就是新来的。"

"嗯？"

"看看老板的自传吧，他不会结婚的。"

"啊？"

略微喧闹的声音突至，杨嘉一身侧环绕着各个部门的责任人，正在听他下一步的计划。

一行人走出电梯后，前台妹妹对另一个女孩说："看老板的尾指。"

随着杨嘉一将平板递给身侧助手的动作，大家都看见了老板的尾指上有一枚蝴蝶戒指。

那是他同胡蝶在怀会山下的集市里买来的戒指，胡蝶戴在无名指的戒指戴在他的小指上，恰好。

在阳光的照射下，蝴蝶戒指透着暖黄色的光，蝴蝶轻轻挥动着翅膀划过地面，穿过人流，就好像她仍在。

杨嘉一将公司的事情交接处理好之后，在微博上发布了一篇博文，随后退出音乐界，再也不做曲。

最后一篇博文里，他写道——

昨日是二十四日，我照旧去妻子墓前送花。天气很好，艳阳高照。我待了好久，再一抬头，发现碑上有只蝴蝶栖息良久。

她一定过得很好，我知道。只不过她的名与姓，早已经变成重重枷锁。不再入我梦，是我妻子对我的惩罚。

她想让我好好生活，重新拥有新的人生，可是我做不到。

坟头上栖息的是蝴蝶，坟里睡着的是胡蝶。

而我不过是一只将死未死的蛾，说是蝴蝶，原是对我这碌碌无为半生的一种安慰，而我纵有三头六臂，也飞不过这座蝴蝶山。就算没有胡蝶，我也飞不过。


与往常一样，杨嘉一再次登上那辆平平无奇的公交车。

很多年了，只要有空，杨嘉一都会坐上这辆胡蝶化疗时会坐的公交车。

杨嘉一拿出呢子衣服口袋里的彩色卡纸，手指翻折，一边折蝴蝶，一边打量公交车外的安城。

学校的栅栏门是银色的，末班车的车灯是暖黄色的。能够绕完全城的公交车的时速还是三十千米每小时，窗外风景划过的速度很快，转眼又是下一段场景……

这趟车的起点是杨嘉一读过的小学，终点是医院。

进进出出闪烁着红蓝色灯光的救护车拉长鸣笛声、来来往往的人、飘落的雪、下晚自习的学生哈在玻璃窗上的雾气……

胡蝶，距离我们最后一次见面好像已经过了很多年了。

我老了，日子也算不清楚了。

杨嘉一失笑，手指间一只完整的蝴蝶已经折好。

杨嘉一慢慢摩挲着用卡纸折好的蝴蝶，在公交车的颠簸中，他以为胡蝶还在自己身边，自己依旧握着她温热的手指。


姐姐，和你商量一件事情好不好？

等这个月的蝴蝶花折好，你偷偷见我一面好不好？

在今晚，就在今晚的梦里……好不好？

杨嘉一又默默拿出一张新的卡纸，翻折。

他的手已经出现了皱纹，那是他想念胡蝶的岁月留痕。

时至年关，欢声笑语充斥着每条小巷。

可惜，雪落无声，无人应他。

番外二（IF版）·另一段夏天

以一个眼神为最初的遇见

［初遇］

依照往常同医院约好的时间，胡蝶登上了那辆老旧的公交车。

不巧的是，今日赶上了附近一所中学暑期游，站台人满为患，学生三五成群聚在一起，兴奋地讨论着最近热门的影视明星。

手机屏幕亮了熄，熄了亮，胡蝶耐着性子等了片刻。

幸而跟她登上一辆车的学生不多，公交车上也不拥挤。

顺着人流往后走，胡蝶坐在了后门第一排座椅上。

车辆启动，还未驶出几米，司机急刹，惯性使得胡蝶不由自主地向前倾倒。

前门嘎吱一声打开，伴随着司机的怒斥声，一道身影闯进胡蝶的视线中。

"你不要命了？不能等下一班车？"司机擦了一把额上的冷汗。

"对不起对不起，我有急事，下一趟车可能会等很长时间。"男孩喘着粗气开口，局促地从裤子口袋里摸出两块钱，投进零钱箱。

司机没接话，重新启动车辆，往下一站开去。

胡蝶静静观察着男孩。也许是因为敏锐的写作雷达，又或许这位同学与同龄人有过于明显的差异，使得胡蝶的眼神久久未曾离去。

他一定有故事。


杨嘉一不安地握紧双拳，眼神茫然无措地看着路线图。后背被汗水浸湿了一大块，但他现在并不在意这些，只知道接到那通电话时带给他的后怕还盘桓在心头。

车门开合多次，当他数清剩下的站点，往后门移动时，一抬眼，就撞进一双淡漠的眸中。

胡蝶不自然地移开眼神，在那一瞬间，心脏莫名地震颤。

司机适时地大声嚷道："广播坏了，下一站有没有要下车的？"

"有。"杨嘉一扭头看向驾驶位喊道。

"有。"胡蝶同样扬声。

车辆停稳，两人视线碰撞，皆看见了对方眼中的一丝惊异。

下了车，杨嘉一步履不停，径直冲向高新医院的急诊科。

胡蝶收回视线，慢悠悠地往诊室走去。

"恢复得不错，如果下个月复诊没有问题的话，就可以恢复正常饮食了。不过每年还是照常体检，尤其是器官类的检查。"洪主任笑眯眯地将报告单摆起来，递到胡蝶手上，"除了你的身体情况，我还有个问题想问问你。"

胡蝶一脸"我懂"的神情，看着他："在写了，明年就能看到。"

得到想要的答复，洪主任脸上的笑容又深了不少："好好好，那我送你出去。"

胡蝶连忙伸手阻止："别，您忙您的事情，我自己出去就成。"

这时，眼前的门突然被敲响，胡蝶一愣，下意识地后退了一步。

木门被推开，风吹乱了胡蝶的刘海。

她闭上眼睛。

"洪主任您好，我想问问您我妈妈具体的情况……"

这声音有些耳熟……

胡蝶揉揉眼睛，抬头看过去。

刚在公交车上遇见的男孩，此时脱掉了外面的校服，仅穿着单薄的白色短袖，仍旧是气喘吁吁地站在她的面前。

两人面面相觑。

杨嘉一的唇有些微颤，不知如何开口。

"哦，找洪主任的。"胡蝶反应过来，侧过身，露出身后笑得两颗门牙还未收回去的洪主任，"是这位。"

男孩的声音跨过了稚嫩的阶段，沙哑的声线磨砺出两个字："谢谢。"

胡蝶笑了笑，轻声回他："不客气。"

尽管她也不知道对方为何要感谢她，更不知道自己为什么鬼使神差地回答。

可她此后却总忘不掉这日和这个陌生少年的初遇。

医院的玻璃窗上都弥漫着暑气，冗长的蝉鸣将两人前行的轨迹粘在一起。

真正的夏日，降临了。


［巧合］

胡蝶走出医院，在公交站台等车，察觉手机落在了洪主任的办公室。

看着与自己擦身而过的公交车，胡蝶只能原路返回。

阳光洒在地表，热浪沸腾，烘得她整张脸都是潮红色。

胡蝶照旧避开电梯，慢吞吞地踩着偏僻角落里的楼梯往上走，边走边数。

她拐了个弯，停下脚步大口喘气，而就在此时，仅一层楼之隔的楼道门嘎吱一声响。

一道中气不足的女声开口说话："不要在这里浪费钱了，在哪儿看都是看，都是医院，没有什么高级不高级之分……"

另一道略微耳熟的男声插嘴："妈，钱不是问题。我查过也问过，整个安城，仅有洪主任精通此类手术，成功率高达百分之九十五，我们不能为了省钱耽误治疗！"

"那你告诉妈妈，上哪儿弄那么多的钱？"女人哽咽着，艰难地开口道，"你刚高考完，成绩出来后还得上一个好大学，用钱的地方多了去。我这黄土埋了半截的人，要是用那么多金贵的仪器也没能救回这条贱命，你身上又要背上多少债款？嘉一，不值得，妈妈真的不值得这样。"

被称作"嘉一"的男生控制着自己的声音，压抑着即将崩溃的情绪："妈，大学随时都可以上，但是我……我的家人只有你一个了……"

胡蝶没吱声，也没接着往上走，站在拐角处安静地听着母子二人互相慰藉，小声啜泣。

医院的楼道是冰冷的，透彻心扉的凉意顺着每一处砖瓦的缝隙钻出来，又像寄生虫般钻进人的皮肤，涌向心窝。

等到世界寂静，胡蝶重新挪动脚步。

楼上已经没有了二人的踪影，接近午休时间，走廊上空荡荡的，大门的开合声成了唯一能佐证世界存在的痕迹。

拿到手机，胡蝶顺着廊上的光源慢慢走向尽头的平台花园。

在那里，能看见高新医院楼下的所有景象。

来往频繁的救护车、行色匆匆的人，谁也不知道他们脸上闪动的表情是劫后余生的庆幸，还是万般无奈的妥协。

一道微弱的哭声引起了胡蝶的注意。

花园另一头的木椅上，坐着一名穿着普通的中年女人，她的手中攥着一团纸，眼泪不由自主地流出来时，她抬起手机械地擦拭。

胡蝶被刺眼的光晃了眼睛。

在看清女人的样貌时，她脑海里似乎有根弦寸寸断裂。

［拯救］

小时候总听人说地球是圆的，所以不论你错过什么人，余生都有机会再见一次。

那时候胡蝶觉得这是别人天马行空的想象，可当这个女人出现在她面前时，才觉得此话为真非假。

这是意外的交集。

杨平暮再一次真真切切出现在她眼前时，连同她那些不平凡的青葱往事悉数向她涌来。

她那并不美好的十五岁，是从这个女人这里为句点，亦为起始。

花坛中繁茂的枝叶遮挡了人影，当熟悉的声音再次出现，胡蝶才恍然大悟。

一切巧合得像是命运在作怪。

公交车上遇见的少年，是她十五岁那年欲找的孩童；少年的母亲，是她十五岁时遇见的女人。而此刻，女人身患重病。

世界兜兜转转又再次坍塌。

胡蝶划开手机屏幕，点开洪主任的聊天框。

胡蝶：洪主任，上次说的一站式救助基金会建立起来了吗？

洪主任：快了吧。

胡蝶：什么叫快了吧？

洪主任：高新医院属于私立，启动资金很难筹到，救助基金会迟迟无法立项。上面没批复，我们这儿也无法进展。

胡蝶：需要多少？

洪主任：什么？

胡蝶：启动资金。

洪主任：大约二十万。项目开展后，这些钱会用于购置医疗设备，余下的钱并入基金会，资助家境贫困的患者。

在与有关领导商议后，胡蝶捐款二十万元。不到两周，基金会正式启动。首位接受基金救助的病患，就是杨平暮。

在当地媒体采访时，杨嘉一仍旧不敢相信这件事情的真实性。

好运似乎就这样如同千亿大奖一般落在了他和母亲的头上？在生死攸关的当口，那扇预示着能活下去的大门悄然向他妈妈打开。

直到一个月后，杨嘉一和康复回家的杨平暮在电视中看见了救助基金的幕后新闻采访。

透过模糊不清的马赛克，杨嘉一能确定以及肯定原始资金的投入者一定是她——那个与他在公交车上有一面之缘，之后在洪主任办公室里匆匆擦肩而过的女人。

杨嘉一开始尝试在阳光最炙热的中午坐上那辆公交车，在无数次的颠簸中找寻那个人的视线。

直到他跨入大学校园，开始按部就班地军训、上课、加入社团，回归正常人的生活，都没能找到她。

生活好像就这样归于平静，偶尔有鱼尾拨动水面，也仅仅是微小涟漪。

因特殊原因，原本军训结束后就要举办的开学典礼硬生生被拖到九月尾。

杨嘉一的反哺之心让他留在了安城。杨平暮不止一次地觉得自己拖累了他，他却生性乐观，告诉母亲"是金子在哪里都会发光"，而且他也用实际行动证明了这一点。

他入校便在市级比赛中带领团队荣获冠军，参与研发新型实用性机器人，投入线下生产，小有成效。不到一个月，他便成了 A 大的名人。

同时，他也作为新生代表上台讲话。

也是在这最为平凡的一天，杨嘉一再次遇见了胡蝶。

杨嘉一愣愣地看着镜子后出现的人，她被领导带着，坐到他身后的化妆镜前，一行人对着流程。

光影似乎在那一瞬间都聚拢到她的身上，让他失神。

胡蝶接过流程稿件，仔细浏览："陈老师，后续流程我大致都明白了，您先去忙。"

她这边的流程确定后，周围的老师和学生七七八八走了不少。

隐约察觉有道灼热的视线，胡蝶收起稿子，抬眼在镜子中搜寻。

那道眼神似乎根本没想收回，胡蝶一眼便看见了杨嘉一。他的神情就像藏在瓶中的气泡，不断膨胀嗞嗞作响。

胡蝶对他笑："又见面了。"

"你……"杨嘉一张了张嘴，霎时又觉得自己不会说话了。

胡蝶起身看着他，语气里有些震惊："我没想到你会选择留在安城。"

以他的成绩，留在安城屈才了。

杨嘉一没有答复她的这句话，起身踉跄走过去："我……我找了你很久。"

"找了我很久？"胡蝶疑惑。

"我和妈妈都想当面谢谢你。"杨嘉一难得手足无措，觉得在竞赛场中辩论时都没有此刻难熬。

窗外的烈阳似乎穿过泥墙，照射在他的心脏上。

属于小王子的玫瑰花花苞正在生长。


[ 牵手 ]

典礼结束，礼堂里的学生似飞鸟一般，叽叽喳喳跃出大门。

胡蝶在侧门等杨嘉一。

她作为优秀毕业生回校做演讲，压根儿没想到会遇见杨嘉一，更没想到两个人三言两语就约好了一顿饭。

一种无形的熟稔和习惯在两人之间蔓延。

胡蝶想起刚才的画面，差点没原地抠出地洞——自己"学姐"的架子端得太高了，吓得杨嘉一说话结结巴巴，走路都能顺拐。

杨嘉一很快从人群中钻出，小跑到她的面前，扬起天真烂漫的笑容："姐姐！"

胡蝶一愣，属于新鲜血液的青春气息在走廊狭小的空间里席卷着她的呼吸，带动着她骨子里早已沉寂的夏天蠢蠢欲动。

胡蝶移开视线，摸了摸鼻子："嗯，吃饭去吧。"

杨嘉一跟在胡蝶的身后，看着越来越远的食堂，疑惑道："学姐，我们去哪儿吃？"

胡蝶顿住脚步："你想去哪儿？"

杨嘉一联想到胡蝶刚讲演完毕，在食堂和他吃饭肯定会遭受闲言碎语，还是……

"我都可以的，看学姐。"杨嘉一乖乖道。

胡蝶琢磨了一下，带着人从地下车库离开学校。


小饭馆离学校不算远，胡蝶带着杨嘉一上了二楼："我常在这里吃饭，味道不错。"

"姐姐不常做饭吗？"杨嘉一问道。

胡蝶面色一僵："煮泡面算吗？"

杨嘉一笑道："算，怎么不算？恰好我常下厨，如果以后有机会，我做饭给你尝！"

话音刚落，杨嘉一便紧闭嘴巴，脑海中飞快想着解释的词句。他和她不过才认识几个小时，对话如此亲昵，她会不会觉得自己是个浪荡人？

胡蝶看着他时而舒展时而紧蹙的五官，不由得笑出声，无端生出逗弄的心思："好啊。"

杨嘉一"啊"了一声，随后耳朵以肉眼可见的速度红透："我我我……我不是那个意思，我是……我是真的想让你尝尝的。"

胡蝶撑着下巴："我知道，我又没说什么。"

杨嘉一的心跳错乱失衡，垂下头不敢看她。

菜品很快端上来，与服务人员一同来的，还有一个西装革履的男人。

胡蝶微微皱起眉心，杨嘉一也注意到了这一点，于是出言询问："您是？"

男人并不客气："麻烦你出去一下，我和胡蝶有事要谈。"

胡蝶夹起一块肉，放在杨嘉一碗里："吃吧。"

杨嘉一看看胡蝶，又看看男人，最后在胡蝶的注视下，拿起筷子吃饭。

胡蝶咽下米饭，看着还未离去的男人冷声道："封先生，我们没有谈话的必要，如果想和我谈书，很抱歉，我已经签给别人了。"

封如白声音凌厉："那要是谈感情呢？"

胡蝶筷子停顿："你觉得呢？"

杨嘉一慢慢放下筷子，尴尬地坐在原地，自己好像无意闯入了胡蝶的私生活。

胡蝶用余光看着身侧的杨嘉一，心念微动，抓起他的手，在封如白的眼前晃了晃："还需要我介绍一下吗？"

封如白定定地看着两人交握的手，猛地嗤笑一声，转身离去。

杨嘉一感觉到握住自己手掌的小手沁出薄汗，放弃了撤回的念头。

他就在这里陪着胡蝶平缓情绪。

这也是他第一次近距离接触胡蝶。

空气中微小的尘埃在飞舞，和他的心脏一起跳动，谱奏另类的夏天。


[振翅]

杨嘉一顺利地和胡蝶加上微信，杨平暮也通过杨嘉一和胡蝶表示了感谢，邀请胡蝶有空来家里吃饭。

这是胡蝶第一次在陌生人身上感觉到了"家"的温度。

如同十三年前的那个雨天，她抚摸着杨平暮的肚子的感觉。那是新的生命，是杨平暮爱的另一种延续。


胡蝶原本和杨嘉一约好，国庆收假前一起吃饭。没想到国庆当天，她就和杨嘉一在怀会山面面相觑。

杨嘉一和舍友约好爬山，胡蝶为新文收集素材，顺路采风。

胡蝶收拾好背包，从帐篷里钻出脑袋那一瞬，刚巧和对面帐篷里整理拉链的杨嘉一对视。

两人都没忍住笑出声，这是什么鬼运气！

夜深，山顶气温骤降。

胡蝶穿着冲锋衣，和杨嘉一坐在斜坡上赏月亮。

严谨点算，这是他们的第三次见面。

胡蝶感叹一声："你相不相信缘分？"

杨嘉一点头："信吧？"

胡蝶纳闷："怎么还是疑问句？"

杨嘉一失笑："宇宙事物千千万，另一处时空中，也一定会有我们存在的痕迹，不然……"

"不然什么？"胡蝶转头盯着他。

杨嘉一侧过头，看着胡蝶说道："不然为什么我第一次见你，就觉得你似曾相识？"

周围是热闹的虫鸣，如墨的夜色衬得萤火虫的微光更亮了。

胡蝶喃喃："我也这样……"

杨嘉一歪了歪头。

胡蝶："我也觉得我们好像应该很熟悉，就该是无话不说的模样。"

兴许是心跳作祟，两个人都忐忑万分。

胡蝶也不清楚自己现在的情绪该用什么词汇来形容。周遭的景色仿若失真，心动是一瞬间的事情，就在某一刻，心脏漏跳了一拍，而眼前人的眼神，是唯一能将这漏下的节奏补齐的存在。

胡蝶收回视线，手肘撑在地上，仰头看着月亮。

或许真有平行时空的存在。

因为某一刻她会觉得正在经历的事情在梦中出现过。

又或许那就是另一个时空的自己许的愿，而她替自己完成了它。

凌晨四点半，天际线处的红日渐渐升起。

胡蝶脖子上挂着相机，早早找好视角，调整参数延时拍摄。

赤红的太阳浮出云海时，不知从哪处传来国歌，前排的爱国青年举起早已准备好的五星红旗。

山顶的狂风拍打着旗帜，让红旗不断招展。

胡蝶身侧伸出一只手，按住了她即将被风掀起的帽子。

胡蝶没转身，只是下意识叫了一声："杨嘉一。"

身后传来他克制的"嗯"声。

胡蝶继续拍日出，而杨嘉一就站在她的身后，用行动告诉她，只要她需要，他就一直在。

观看日出的游客渐渐散去，胡蝶收回相机。

"杨嘉一。"

"我在。"

"我拍好了。"

"好。"

脸侧有细碎的亮光晃动，胡蝶扭头看过去，是一条银白色的项链，下方垂挂着一颗微小的紫色碎钻，而碎钻被雕刻成了振翅欲飞的蝴蝶。

胡蝶转身看向杨嘉一。

杨嘉一将项链放在掌心，在她眼下摊开。

"爬山前逛了逛山下的集市，无意中看见这个，觉得很适合你。"杨嘉一真诚地看向胡蝶，"不知道你喜不喜欢？"

见胡蝶没说话，杨嘉一又着急补充道："我是觉得这个振翅欲飞的寓意很好，希望你能在事业上勇攀高峰！"

他话说得匆忙，差点把舌头咬了。

胡蝶认真地道谢，接过项链。

在她曾经的日子中，认为名字没有太大的意义，就如同拥有短暂生命的蝴蝶一般，绽放即湮灭。

可在这一刻，名字有了更抽象的意义。

这是一个少年对她未来的真挚祝愿。

[下潜]

杨嘉一在学科项目上成果显著，到大二时已经攒下资金对外研发合作。

与此同时，他还额外投资了一个奇怪的项目。

说是奇怪，但总归是胡蝶喜欢的。

杨嘉一每个月都会空出几天时间陪胡蝶外出采风，不知不觉间，两人成了旅游伙伴，而杨嘉一也了解到了胡蝶一个不为人知的喜好——潜水。

不过最近几个月胡蝶老喜欢偷偷吃雪糕，胃病常犯，严重的一次直接住进医院，吓得杨嘉一放弃了陪她出国出省的念头。

不过梦想总要实现。

杨嘉一联系了好友，组建了一个情景模拟潜水地，就安排在海底世界旁边，也算是能让人身临其境。

胡蝶看着周遭的小海鲨，惊得下巴都忘了收回。

杨嘉一先跳进水里，给她的腿上拍水，帮助她早些适应温度。

胡蝶啼笑皆非："杨嘉一。"

"在呢。"

"我是该说你离谱还是说……"

杨嘉一扯唇一笑："你应该夸我靠谱。"

胡蝶佩戴好潜水用具，纵身往水里一跃，将杨嘉一远远甩在了身后。

杨嘉一没玩过潜水，游行速度当然比不上胡蝶。

游了一半，他整个人就脱力漂回水面。

水下有实时监控和救生员，杨嘉一扒拉在岸边，眼睛一眨不眨地盯着监控中的胡蝶。

脚蹼翻跰，水波像是围绕在胡蝶身边的银环。

杨嘉一笑着和身边的好友潮哥说："得改名，不能叫胡蝶，得叫小鱼。"

潮哥没反应过来："为什么？"

杨嘉一将监控平板往他身上一拍："谁家蝴蝶在水里游？"

看着胡蝶即将返程的身影，杨嘉一爬上岸，仰躺到了平台上。

潮哥惊恐地看着他："你干什么？"

杨嘉一："歇会儿。"

胡蝶和陪练钻出水面，带起的巨大的水花声让潮哥没听见杨嘉一的最后一句话。

潮哥蹲下身，拍拍杨嘉一："醒醒，你刚说什么？我没听见。"

胡蝶一上岸就看见这个场面，当即吓得脸色发白，也顾不得潜水用具会不会损坏，暴力拆卸下扔到一边，跑到杨嘉一面前。

"杨嘉一？"胡蝶拍拍他的脸，没等到他的回音，连忙翻他的眼皮，钳住他的嘴巴。

胡蝶扭头问潮哥："发生什么事情了？溺水还是怎么了？"

潮哥："……啊？"

胡蝶皱紧眉头："你啊什么？"

潮哥："你面前这个人……"没溺水啊。

杨嘉一偷偷睁开一只眼睛，却见胡蝶已经俯身下来。

唇瓣传来的异常触感让杨嘉一瞬间不会呼吸了，脸色也在刹那间憋成了猪肝色。

胡蝶纳闷，拍了拍杨嘉一的胸口，随即就和他心虚的视线对上。

胡蝶："……"

潮哥："……"

杨嘉一："咳咳咳……"

胡蝶将人拽起来，嘴上抱怨，手上还是帮其顺着背："我要是哪天死了一定是被你吓死的。"

杨嘉一："你冤枉人！"

"我冤枉你什么？你躺岸边一言不发，还闭着眼睛，是个人都会想到溺水吧？"胡蝶攘他胳膊。

杨嘉一耳朵通红："那……那我说你还夺走我的初吻呢！"

胡蝶："……"

半晌，空气中安静得落针可闻。

胡蝶："那我负责嘛。"

杨嘉一："什么？"

胡蝶转身看着杨嘉一，双手捧起他的脸，轻微揉了揉，拖长了声音："我说——我负责。"

"然后？"杨嘉一心猛地加速跳动，都快从嗓子眼里蹦出来了。

"然后……"胡蝶揉他的脑袋，"然后，我们在一起！"


[ 美梦成真 ]

不知是不是因为大脑皮层太兴奋，杨嘉一一夜未睡。

直到和胡蝶在一楼海洋厅吃饭，他枕着胳膊，侧头看着胡蝶点菜。

胡蝶笑他："你老盯着我干什么？"

杨嘉一不说话，生怕这是一场海妖促成的幻梦，一触即碎。

领证那日，是再平常不过的一天。

胡蝶穿着杨嘉一亲手裁制的衬衫裙，捧着一束卡纸折成的蝴蝶花，在大厅乖巧地坐着。

排号时间长，杨嘉一捧着奶茶回来，便见到胡蝶在座位上昏昏欲睡。

"小懒猫。"杨嘉一弯腰，用指尖点点她的鼻尖。

胡蝶眯着眼睛："你回来啦？"

杨嘉一将奶茶拎起来，在她面前晃了晃。

胡蝶的眼睛迅速变得亮晶晶的："什么口味？"

杨嘉一哄她："猜猜？"

胡蝶皱着眉，隔着手提袋想要在上面看清便签上的字。

杨嘉一收回手。

胡蝶瞪了他一眼，将头撇到一边："猜什么猜，不喝了。"

　　杨嘉一挑眉："姐姐真不喝了吗？那我喝。"

　　胡蝶回头，恶狠狠地盯着杨嘉一："你再说一遍？"

　　杨嘉一将插好吸管的奶茶递到胡蝶嘴边："小祖宗，老样子，原味加布丁和红豆，三分糖。"

　　胡蝶将抱着的花挪到杨嘉一腿上，满足地喝了一口奶茶："这还差不多。"

　　杨嘉一摸了摸胡蝶的手："还冷吗？"

　　胡蝶大半杯热奶茶下肚，摇头："不冷了。"

　　玻璃窗外，天空飘落的雪落在两人眼底。

　　"又是一个冬季。"杨嘉一搂住胡蝶的肩头。

　　两人像极了雏鸟，安静地互相依偎欣赏着纯白的世界。

　　"第一次遇见你，也是一个冬季。"胡蝶眼神放空，似乎回想到了那个不完美的冬天。

　　在最冷的季节，遇见了温热她心脏的爱人。

　　杨嘉一顺着她的话说："似乎是很远很远的事情了。"

　　胡蝶点头："不过再怎么久远，未来依旧很漫长，不是吗？"

　　杨嘉一微微低头，亲吻着她的唇瓣。

　　所爱之人在眼前，时间被拉长，爱能镌刻永恒。

　　"52 号请到 1 号窗口办理业务——"

　　胡蝶拍拍杨嘉一的肩膀，将人推出怀抱："到我们了。"

　　杨嘉一这时才透出一点年轻人的稚嫩感，痴笑了一声，看着胡蝶发愣："我们要结婚了。"

是啊，他们要结婚了。

胡蝶仍旧能感知到那杯滚烫的奶茶在肺腑燃烧，手上属于杨嘉一的温暖源源不断，就连那束蝴蝶花似乎都散发出了香味。

所有寒冷都无法侵袭她，因为面前这个即将成为她爱人的男孩变成了铜墙铁壁，挡在了她的身前。那是她从未接触过的炽热，也是她热切盼望的存在。

当那枚钢印拓下，杨嘉一心中的那块巨石安稳落地。他向工作人员递出了早先准备好的喜糖袋，随后拉住胡蝶的手，微微哽咽地说道："我想带你去个地方。"

胡蝶看着身前一步一步坚定地走在这片土地上的人，突然想起那日嘈杂的公交车上，摇晃的人海里，他的目光就这样落在她的世界中。那一瞬，耳畔所有声音好像归于虚无，她只听见上天在说，他出现了。

两人踏上了初遇的那辆公交车。

什么都没有变。

互相推搡着议论当红明星的学生、和自己妻儿汇报行程的男人、数着站牌等待下车的阿嬷……

司机吆喝一声："广播坏了，下一站有没有要下车的？"

嘎吱一声，公交车停下。

杨嘉一感觉到胸口放置结婚证的地方在发烫。

又是一轮人来人往。

"少年杨嘉一"登上这辆公交车，不停涌动的人潮将他推至车厢后排。

　　那刻，少年抬起头。

　　"睡着了？"胡蝶低头，在杨嘉一手肘和脸颊的夹缝中看其神情。

　　杨嘉一睁开眼睛，猛地抬起头，微热的空气让他沉重地喘息一声。

　　胡蝶用手中的冷饮碰了碰他的脸："好像还是个噩梦哦。"

　　杨嘉一将视线落在她脸上，和梦中一样，不差分毫。

　　"不是。"杨嘉一说。

　　胡蝶："不是什么？"

　　杨嘉一笑着回道："不是噩梦。"

　　胡蝶故作深沉地贴近他："那就是美梦？"

　　杨嘉一"嗯"了声："是未来。"

　　胡蝶不解地看着他。

　　杨嘉一伸出手指戳了戳胡蝶的脸颊："好像，那是我的所思所念，所愿所求。"

　　世界上有美梦成真这个成语的存在，所以，他的梦一定会成真。

　　在未来平凡的一天，在一个落雪的日子里，她和他组成一个家。

　　前路未知，霓虹耀眼。而胡蝶和杨嘉一，不论在哪个时空，都会搭乘同一辆公交车。

　　以一个眼神，为最初的遇见。